主编 凌翔

月挂东天

张军峰 著

民主与建设出版社
·北京·

图书在版编目 (CIP) 数据

月挂东天 / 张军峰著 . —北京：民主与建设出版

社，2020.2

ISBN 978-7-5139-2792-5

Ⅰ.①月… Ⅱ.①张… Ⅲ.①散文集—中国—当代

Ⅳ.① I267

中国版本图书馆 CIP 数据核字（2020）第 053301 号

月挂东天

YUEGUA DONGTIAN

著　　者	张军峰	
责任编辑	周佩芳	
封面设计	陈　姝	
出版发行	民主与建设出版社有限责任公司	
电　　话	（010）59417747　59419778	
社　　址	北京市海淀区西三环中路 10 号望海楼 E 座 7 层	
邮　　编	100142	
印　　刷	唐山楠萍印务有限公司	
版　　次	2020 年 7 月第 1 版	
印　　次	2020 年 7 月第 1 次印刷	
开　　本	710 毫米 × 1000 毫米　　　1/16	
印　　张	13	
字　　数	200 千字	
书　　号	ISBN 978-7-5139-2792-5	
定　　价	39.80 元	

注：如有印、装质量问题，请与出版社联系。

序

日子过得太繁杂了，就想静静。

坐在少陵塬的窑洞边，有时候，啥都不干，就是晒晒太阳，或者月挂东天的时候，望望夜色的樊川。当然，脑子也没闲着，就胡想些问题。

有时候明白，有时候糊涂，有时候觉得明白其实就是糊涂，糊涂反倒是明白。

四十而不惑的时候，就开始问自己是谁？从哪里来，到哪里去。

有时候，还会有从现在我们所生活的这个有情世界要脱离了的心念。

有了出离心，应该高兴才是。

《道德经》有一句：为学日增，为道日损。我们一直就生活在学而知的这个层面上，或许专业不断在精进，也许你逐渐会成为一个博学多识之人。

然而你增加的只是世间智，与你渐渐产生的修行之念却愈来愈远。

这就是我们的困顿。

学知路上无穷尽，但对于修行，要知行合一，何其难啊！

如果把人的一生也能叫做修行的话，我们一边修行一边放逸情绪，放纵身体，一生都在结麻团，又试图再解这个麻团。

我们开始追求空，然而穷其一生，又何偿能空空如也。

如能做到忘了世间情，就可以在天地人道这个层面皆空了吧。几十年过去了，又能做到多少呢？

我们就在做不到而却想做的路上跋涉。

就这样过了一生，何尝能逃得脱？

这就是我坐在少陵塬的窑洞边所想到的一点点。

想得有些迷糊，眼睛不听使唤了，睡一会儿去。

2019 年 5 月 8 日

于如如轩

目　录

第二辑

第一辑

内心澄明，身体才会自由

女贞籽汁地

晨，阳光碎了一地，亭子边上女贞籽铺满了一地。

这种女贞籽在春夏之交不落完是不罢休的。

麻雀就在满地的女贞籽上跳跃，见了人，并不急于飞走，近了，才极不情愿地去了。

我不在时，这里是它的天下。

它是主人，我是客人。

人在一个舒适合宜的环境里待久了，也往往会忘记而不自觉幻想成为主人。

我倒是希望，麻雀不要走，我们都是主人，我们又都是客人。在天地间，谁又何尝不是客呢。

开始几天，女贞籽落一回，我扫一回，一天一天，总扫不完。

随后干脆就懒得再扫了，或者几天或者实在看不过眼才扫一遍。

一地女贞籽，煮茶的声音，一只喜鹊过来探望了我一番，又飞走了。

笼子里的孔雀和亭子里的孔雀一起歌唱的时候，是洞边最安静的时候。

我和鹅都被动当了听众。鹅拘在同一所笼子，它无法跑掉。我，一般乐享其成。

孔雀安静的时候，鹅还有几只鸽子便活跃了，腾跃在笼子里，它们庆幸孔雀还有安静的时候。而亭子里的客人们和鸽子、鹅们的感受却不同，往往要赞扬孔雀一番，当然少不了呱唧。

这只孔雀当然很得意的，它会拿这儿最好的水果或者糕点招呼客人，掩饰它的喜悦，也乐于享受这种赞赏。

灰喜鹊又飞来，刚站稳，又一只也飞过来，深情望着前一只，看来也是一只单相思的情种。它俩加入了我们品茶聊天的行列。

有时听到感兴趣的话题就会多停留会儿，要是自己无兴趣，就匆匆飞去了，那一只爱情鸟也尾随而去。

我们都是鸟儿。

其实我们生活中有太多樊笼，或不得已，或是自造。

鸟儿是自由的，可以在女贞籽地上跳跃，也可以上茶台来。

女贞籽踩破便有些讨厌了，汁子印在地毯上成为渍迹。所以还是要每天扫去，有许多事都会成为经验或者教训。

亭子西那棵槐树的槐花短暂而灿烂地开过了一阵，那种香是妈妈的味道。我摘上一缕置入口中，体味这种泥土的芳香和那丝甜甜的味儿，就着茶，看着桌上它的花簇，一起芳香。

女贞籽落完的时候，天气渐渐热了，新的籽便渐渐滋生。

桐花开了，也即将谢去，这种持久的香味让四月就在它们的味儿中老去。

傍晚时分，那只馋猫又潜了来，纸杯还有半杯葡萄酒，那么，今夜就让它在槐花酒里醉去。

艾草香，又一年

小时候，每年的五月当前，娘总是扯一把艾，放在门墩上或者门背后拐角。

我不明白，就问娘：放这干啥？

娘说：小心蛇往家跑。

我挺害怕，每年看见艾草，就想到了蛇。

有一年，我家后面的老房拆成了废墟，结果钻进来了蛇，娘说，唉，今年忘了放艾。

大了以后，知道艾草并不防蛇，却也知道了它的更多功效。

住到了楼上，不会担心有蛇。可在夏天，只要娘在这儿，总要让我弄上一把艾草，放在门口拐角。她不听我的，说，防蚊虫呢。原来她也知道艾能防蚊虫。

一阵子，有了点脚气，买了药晚上坐在沙发抹，娘说，泡些艾洗，好得很呢。

抹了几天，轻了停，停了来，来了抹，抹了了轻，反反复复。

娘不知从哪儿弄来艾，晒在阳台。这一阵太阳毒，叶子嘎蹦蹦的。晚上我就照着她说的泡在盆里，第二天竟然一点不痒了，又接着泡了两天，竟然好了。我问娘咋知道的，娘说，听老人说的，你外婆那时候就这样给我说。

前一阵，颈椎痛，我去做理疗，理疗师用艾灸在我背上治疗，说用艾能除掉湿气，效果也不错。

一天到山上去看一位师父，品茶的时候，他点起了香，条儿很粗糙，闻着味道也怪怪的，但是也有点淡淡幽香。

我问：师父，这是什么香。

师父笑着说：这是艾草，晒干了揉成沫，加点面糊自己做的，粗糙了点。

师父的创造让人赞叹。

今年又快到了端午，进山的时候，我就和几位朋友说一定弄一些艾草回去，可算算日子，离五月当还有二十天，就算了。艾叶最好的时节就是端午前后，艾叶的功效也最具足。下次进山一定弄一些，趁着娘还没有嘟囔。

小时候，艾草和蒿也是傻傻分不清楚。后来慢慢有了辨识。艾草，香而不臭，入鼻醒脑。蒿草闻起来醺鼻。艾叶底面发白。叶片较蒿叶宽硕。

慢慢的，艾草已经成为了我最原始的记忆，尤其没有了老家的村庄以后，这种记忆尤重。

娘比我更甚。

秋风剃度

这个季节，花儿纷纷凋谢，崖畔野菊花却正艳。

酸枣也稀灵灵挂在枝头，看着圆圆的，红红的，蛮可爱，捏在手里，都软了，熟得透透的。

花无百日红，每种物品都有它最芬芳的时候，也有黯然的时候，夏花不笑春花，菊花自己不敢说"我花开后百花杀"，那是世人的揣度。雪里，只有寒梅可以骄傲。

四季更迭，枯荣转换，生生死死，死死生生，无死无生，大自然其实是最好的老师。

小时候，每写作文，就是光阴似箭，其实那会儿，只嫌日子太慢，一心只盼着赶紧过年，能穿新衣裳，能放鞭炮，能吃好吃的。

这会儿，看着时光如梭，一想几十年，忽然就白了头，只嫌太快。咋不就慢点儿，慢点儿，恨不能拽住尾巴。要是能骑上它，缰绳拽在手里，由着自己，浪荡江湖，该多好。

我觉得终南山可以，甚至少陵塬也可以，它们拽着时光，惯看风花雪月，与日月同僵。为什么它们能，而我们不能。

我想了想，人是有七情六欲吧，有欲就会结网，结网身体就郁结，就会加速衰老死亡。

而终南山、少陵塬没有喜怒哀乐，没有七情六欲，所以没有烦恼，也不会耿耿于怀或者寡寡欲欢。

然而仔细想想，也不是没有，而是胸怀太大了，包容了一切。

人砍伐森林，炸山开矿，山林也会报复，气候变化、泥石流、水源空气污染等等。这是自作孽不可活。

站在山顶你会知道，春花是如何在山峁演绎成秋的。云卷云舒，烟波浩渺，红叶漫山瞬息就光了头。

而风，像一只无形的手，像一位熟练的老僧，像一个无辜者，轻易地为峰峦剃度。

年轻时候，发了工资，就请吃请喝，疯疯乐乐，哪怕下半月再节省。这个时候，得了一笔钱，没有了快乐，用的地方太多，也就没有了请客的心境。

年轻时候，参加个葬礼，耐不住的眼泪流了又流。参加的多了，就像开了一个会，没有了眼泪，只剩下叹息。

人生如戏，人生如梦，如同春华秋实。

在少陵塬你永远看原是原，最多当一回杜甫杜牧或者李白，最多也就是望望五陵间，流光灭远山。

或者也只是向晚意不适，驱车登古原。

还或者坐望终南，看南山喷清源，脉散秦川中。这已经是别一番境界了。而如果你知道了少陵塬上面许平君的故事，也知道了张安世、邴吉还有贞顺皇后等人的故事之后，你就不觉得这儿仅仅是一座原了，它是一部历史大卷，也是人生的缩影。

在樊川亭，洞见论坛也是多期了，有人受益，有人迷惑，有人逛隍会，有人恍然大悟，你来，有茶，有见闻。你不来，有茶，有风，这里的古人一直在，不因我在，不因你来不来。

樊川亭在风雨里一直会欢迎你。

当然，还有那几只孔雀，也有鹅。

在庐山，你一定会想起苏轼的那首诗，不能只是在此山中。

人活着，也一样。

不愿挪窝

年少轻狂时，走的地方不算少，尽管都是走马观花，让我此后一直懒得挪窝。看着别人去旅游，也觉得好，就觉得咱家门口的好景致都没有逛完，还去别的地方奏啥呢。

旅游其实是想离开自己呆腻味的地方去一个别人呆腻味的地方。而我对门口的地方还有许许多多都没去过，或者去过还没有嚼烂，所以总是推三阻四不愿去。

在少陵塬看终南山，怎么都看不够，特别是雨后的云卷云舒；雪后的白茫茫一片；春天，先是零星点点的白，接着是红，下来是黄，最后不经意就被绿色淹没了。夏天早晚山色如黛；秋天最美，所有的颜色都要显示个遍，直至彩练舞尽，该歇息了，所有的植物偃旗息鼓了，归于万籁俱寂后，只留下洁白的大地真干净。

终南山七十二峪，我就在离它不远处，却只进去过三分之一。其余还没有涉足，有些进去了，也是刘姥姥进大观园，了解了个皮毛。

沣峪进去了若干遍，我还是未尽其详。里面的沟沟卯卯还很多，每一处都有新鲜景致。有时候我觉得现在交通工具虽然发达了若干倍，依然不如古人，看看李白、杜甫、苏东坡的足迹图，让我们汗颜。白居易在棣花古驿站住过七次，路过没有住的还有吗？韩愈四次从蓝关古道路过，你有去过吗？李白在终南山许多地方留有诗篇，你都去了吧？没有，没有的太多了，这些都成为我不愿离开老家的原因。当然不是绝对的，这个观点似乎也不对，外面还有更精彩的世界。

应该去去远方，远方有诗有梦想。

家门口的风景应该是自己百无聊赖时的调剂品。

想到这里，我有点豁然了。其实去不去远方，完全是心境和心气而已。

有诗的地方就有远方，有梦的地方就有远方。

远方就在一念间，或天涯咫尺，或咫尺天涯。

坐着冥想，过去就是现在，未来就在眼前。睁开眼，过去依然是过去，未来还在未来处。

坐望终南和冥想未来与诗意远方一个道理。思维用意念联系，远方用步伐沟通，岁月靠年轮来串联。

时间让年少轻狂消失殆尽。人的一生，就像草，青了黄了，化作尘泥了，只是一个过程，你应该好好享受这个过程，或者过程还可以极致些，长些，其实都由自己掌握。而我们不自知而已。

薄凉

我被一阵风惊醒，醒来觉得凉席有些凉了。

昨夜一场雨，天就凉了。

入秋后的几个小老虎许是从今儿个就归山了。

不觉间，晴川历历韦曲树不复返了，原卵隐隐有了颓色，蝉鸣也有了戚戚之声，蝇子落在那儿，没有了先前的无头莽撞，蔫蔫的，打都打不走。

大自然像强弩之末，各种植物用最后的力气生出自己的孩子，就慵赖懒眼了。连天都累乏了，人在这个时候，也沾满了乏气。

上塬的时候，这种感觉更明显。平时见了人就吼的那只狼狗白了我一眼，发出两声叫声，声音绵绵的，温柔了许多，这也难得得很。

起初，我听见门侧后的两只狗齐叫，我也恐，客人更恐，我就默念阿弥陀佛，时间长了，一只能听懂，就偃了旗，如孙猴子，乖了；另一只听不懂，更得意了，依旧吠，如看热闹不嫌事大的猪天蓬。不管懂不懂，我就是那个唐僧，只管念。

在少陵塬，你只有虔诚的份儿，且不说留下足迹墨迹的李白杜子美，也不说岑参李商隐、寇准康有为，城南韦杜两家那近三十位宰相，就躺在这座大塬，不能不起敬，何况还有一位将文功武治发挥到极致的汉宣帝，还有他的糟糠之妻许平君，重臣张安世、丙吉等等。你不是仅仅燃一炷香就能了却的事，唯有心诚，这个时空有他也有你，你还可以举杯邀明月，和他们同饮；你还可以，激扬文字，和他们同歌。

少陵塬的酸枣又熟了，个头大，味道是酸酸甜甜那种。

树根底下落了一层熟透了的酸枣，有的已腐如泥了。

我对酸枣一直情有独钟。每年我都要刻意地去寻找，而酸枣林也越来越少，最多的剩下了塬畔畔或者荒坟岗，都是些恓惶之地。而此时，你仿佛回到了童年，回到了故乡。尤其像我这样已经没有了故乡的人。

一阵秋风，我就愈发对村子思念了，思念却不愿回去，如今只是满目疮痍，孤零零的还有几户人家，也撑不了多久，就完全灰飞烟灭了。再起来时，尚需数年之后，数年又有数个甚至更多老人等不到了。成了一辈子的遗憾，即使等到了，还是不是原来的那个村落，再也回不到从前了。

村子的人心经过拆迁也被拆的起起落落，大不如以前的纯朴，金钱有时候会让人更加迷失。

不过，大起大落或者村子的涅槃也让人更加觉得世事色空一场，我们每个人就是在进行一个过程。

终南山从今天起会慢慢凋敝，也会渐渐秃谢，我在风中默默地注视，看古寺为它剃度。

秋雨最宜思

飘雨最宜思。雨里，终南山看不见了。

视觉短了，思绪就长了。

雨渐成珠帘，连对面神禾塬也模糊了。

窑洞尚静，只闻雨声。

一座亭子，一个人。

像一对恋人，无话却不孤寂。

其实许多时候，人和人需要的就是一种默契。哪怕只是静静地凝望。

这时是一个独立灵魂与另一个独立灵魂最深切交流，并不需要语言。

这种默契愈来愈难得。

默契也是人间美景。

我们时常会忽视身边的景致去外求。不相信身边人或事，总觉得别人的好，或者别的地方月亮圆。

其实亭子下面的孔雀已经很美丽，开屏也很精彩，却总想着公园里的或许更好。

就如那盆久不开花的红蔻终于开花了，我却不喜欢它的鸡冠红，总觉得不开花满是绿叶更好。到底什么是好，身在此中，就茫然了。

人就是个不满足的动物。

其实时光有时也是可以虚度的，然而有人问时，却喜欢总是把自己说得忙点，尽管真的忙或许真的不是那么忙。

女贞叶子随着风雨落满了院子，也将一些愁绪落在心头。

对付孤独的办法就是刚起了念就马上转移，不要耽搁太久，久了真的就郁郁寡欢了。有时愁来的莫名其妙，所以尽量在瞬间转化了它。譬如转移视线。

中午我发现一个现象，原来母孔雀也开屏，虽然羽衣短小，开的丑陋，却心无旁骛地开着。公孔雀并不耻笑它，甚至假装没看见。

那只野猫数日没了踪影，此时摸着雨来了，蹲在屋檐下舔着它的爪子。它是那么爱美或者确切地说它是那么爱干净，在常见的动物中是少有的。

现在的猫几乎都不逮老鼠了，我不知这一只逮不逮。

此时它沉浸在自我陶醉中，别无旁骛。

转掉思绪的我和它一样，心里不悲不喜。

我羡着猫，猫自恋着。自恋也是一种幸福。

幸福其实并不遥远，我们使劲一想，就遥远了。

猫不知听到了什么，倏儿消失在濛濛细雨中。猫很潇洒，人似乎烦恼丝太多。尽管你知道人生是苦海，总想回头，回过头依然是海。岸在哪里？

寻寻觅觅，过程就是人的一生。

且行且歌，懂得欣赏过程的人就是人间神仙。

所以你不要羡慕我的洞，我还羡慕你的办公桌呢。

围城永远都存在。

　　塬上许多村子随着航天城的开发渐渐消失。没有走的村子里的人羡慕走了的，走了的羡慕守着的。守着一座没有了耕地的村庄，连不想搬迁的老人思想也不再顽固。

　　没有了土地的农民，还是农民吗？

　　世界太大，视觉太短，说不清，就不说。

　　或者要说，就说茶，说孔雀，说这只猫。

南山默如一幅画

南山默默如一幅画，挂在半天。

坐在亭子，懒言。只管看山。

终南山无语，却包罗万象。

要是人能学得来它的那样一二，也好。

可惜，人就是话多，才让世界复杂了起来。

霾重的时候，南山就隐了起来，它不忍看这被霾遮蔽了心的人吧。

是人自己造成了这一切。

其实于此时，反而最是平等。不分贵贱，呼吸着一样的空气，任你是达官显贵，或者是下里巴人，不管俊丑，也不管是白雪公主还是拾荒者。

水可以特供，食品蔬果可以特供，空气最廉价，却不能专供，让人叹息不已！

有时想想，茹毛饮血的社会也有可道。男女皆袒胸露乳，没有羞涩。肉没有注水，都吃生的，基本是猎来即食。水也是原生态，空气清新，蓝天白云，没有黑商，没有尔虞我诈。

后来肉熟了，熟的比生的好吃，人就有了好坏之分，麻烦也就接踵而来。

渐渐地，也就有了分配不均，有了私念私欲，利欲熏心，社会秩序从此改变，人心逐渐不古，没有了敬畏，随心所欲，会对破坏行为不以为然，逐渐初心丧失，蓝天白云成了稀罕，砍伐森林不觉罪恶，食品作假感觉不了作孽。大自然如今慢慢来惩罚你，这些都是那时候因心及念产生的后果，怪不得他人。

那时候，没有这么多怪病，医生很少。甚至几十年前，身边听个癌症患者让人惊讶。如今身边的亲人不是这个癌就是那个癌。而这些，多和水和食物有关。

我们无能为力，这就是让我寡言的原因之一。

因寡而懒，懒言是一种病。

这种病无药可救，只有自疗。

人是不可能倒退的，不可能回到茹毛饮血。所以念头生出来许多果报就不断累积，从一张白纸起始，成了一团乱麻，如今又反过来解麻团，就看结的快还是解的快，解的快人就轻松，趋于从容。结的比解的多，就烦恼，就麻缠，就会生病。

解疙瘩解麻团也是自疗。

亭子下面的笼子里约摸十平方米的空间竟然有三只孔雀，三四只鸡，数只鸽子，两只鹅。前几日，给里面又增添了一只灰雀。刚进来，就遭到了鸡的围攻，它左冲右突，才知逃不出去，但是熟悉了环境以后，它栖在高处，鸡也奈何不得。起初鸽子也一起攻击它，这几日，鸽子在高处不是它的对手，安分了许多。孔雀懒得参与，所以如今貌似和平相处了。

人与自然若能和平相处，一定会受到它的恩泽，而不是戕害。

孔雀的叫声难听而刺耳，有时恨不能扔一土疙瘩让它别叫。而你忍过了，或者你不认为它难听了，它一定会快快乐乐给你开屏，让你会心。

明心先生的《幽冥曲》让淳风观里负责念经招魂的师父坐卧不宁，他埙乐一起，那些鬼魂就蠢蠢欲动，师父就击鼓念经抵御，经过多日缠斗迂回，终于相安无事。

听起来确实玄乎，明心起初不知，后来无事了，我给他说，他说，也许正是机缘。

也许吧，或许某日，明心吹埙，师父一拭牛刀，拿来把玩，也未可知。

坐在亭子，何如听故事。

没有故事，听雨听风听终南。

一场雨后，便是冬了

这一场雨之后，便是冬了。

原来秋冬是有界限的。

漫野的黄，还有那些恣意的红，在极尽灿烂之后，秋之媚，就要去了。

只留下一个回眸，依旧嫣然于心头。

早晨起来，依然淅淅沥沥。地上一层黄叶，枝头像老人的头发，或者也像刚出生的婴儿毛发，稀稀疏疏，这何尝不是一种轮回。

树木一年一个轮回，人，一天一个轮回。

峰峦或者田间路边，叶子白了，黄了，绿了，红了，密了，秃了。自然界里到处演绎着佛偈：色不异空，空不异色，色即是空，空即是色。

雨里，你裹紧衣领，也抵不住寒意。

传来山里的消息和图片，那儿已然是飘着雪花了。人间冷暖山先知，一年最炫丽的秋色，不经意间就溜了。

你坐在办公室里，或者躺在自家暖和的沙发上，欣赏着别人的美景照片，盘算着去一趟天池寺的芦苇荡，抑或是杨庄五台的杨树林，或者是观音禅寺那棵网红银杏树的时候，一场雨，阻断了你的思维和步伐，雨后，你再去时，那绚烂只有明年才会再相逢。

其实，雨里，山峦被云雾缭绕，黄叶被风夹裹，别有一番韵味。想欣赏，没有止步的理由。

山峦疯狂了一回，树木疯狂了一回，偃旗息鼓了，不，是歇歇要再来的。人的一生也要疯狂一次，无论是为一件事，一段情，一段旅途，或一个梦想。之后，值了，就如黄永玉，老了也狂也疯，做成了不羁的老顽童。

其实，树木拥有同样的环境，却各不相同，一个人都拥有同样一天，最后活成了不同的样子。

突如其来的山崩泥石流是大自然的灾难，有时候，你无法躲避。同样突如其来的人祸，人只能承受。

既然无处可逃，不如欣然。

每天街头熙熙攘攘，皆为利往；每天，人和人纠缠，挠心常伴；每天，快了慢了，叹息不止。

如果没有净土，不如静心。如果没有如愿，不如释然。

黄叶落了，你若没有悟，明年还会再来。

人去了，你若没活明白，便是不再。

风是自然之媒，一阵风，雨了；一阵风，晴了；一阵风，绿了，黄了；一阵风，枯了，落了。

欲是生命之媒，一念起，富了；一念起，贫了；一念起，瘸了，折了；一念起，死了，没了。

为欲活，纠缠不休，如风活，牵不住挂不住。

李太白，自碎叶出来，便没有了家，四海为家，把皇宫当家，把别人的庄园当家，在山东有家，在四川有家，在陕西也曾有家。把官不当官，只做酒中仙，酒里活，酒里死，如风一般。

杜子美，到处筑家，襄阳有家，巩义有家，长安有家，成都有家，把官当官做，为欲活，拿一捆野菜和自己的诗篇，朝登富儿门，换一顿酒肉几句赞誉，夜骂，朱门酒肉臭，路有冻死骨，把自己搞得形骨销瘦。

唉，哪来的错对，一切唯心而已。

潇洒不了，何如当下。

一场雨里，立了冬。

窗外，竟扬洒了几丝雪花，今年，雪也太早了吧。

寒衣节就知了冬。

冬天，是一年最纯净的时候。

放空自己，从头再来。不做李白，也不做杜甫，只做自己。

风过樊川

昨夜，听着雨声，和了一首词。

暮色斜阳红，秋分蝉戚伤。杜曲隋唐晚花光。
崔护误陷桃林处，小桃数鸳鸯。
南庄人初倦，相思成膏肓。不堪回首倚半墙。
依稀雁鸣，依稀滴水殇，依稀薄衫渐凉，不教樊川芳。

翌日，绵绵秋雨，樊川亭上望樊川，迷濛一片。
一地黄花，秋水与终南一色，古人今人在如此景致里，都易感伤。
都曾依栏眺望，都是一座塬一条川，古人故物，物是人非。
同是一景，几千年不同的伤。
伤秋逝，伤岁月苒苒，还是因殇而伤。
半年多了，我和孔雀也没有建立上感情。
任我咫尺，见了我，只是瞅瞅，没有开屏的意思。它和那些匆匆的客人感情比我深，你只要呱唧几声甚至不呱唧它也会开，而且抖落到极致。

和它朝夕，竟不如过客。

不过我们都能心平气和地相处，我不厌弃它，它不厌弃我。

换作人，就难多了。

其实，我们都是孔雀，都试图证明自己能开，会开得很好。

笼子里的两只孔雀，一只就是我说的这个，另一只不常开，当然它能开，可能是为悦己和己悦者开吧。

主人肯定要都开才好，而客人总觉得现在看的就是最好的。

孔雀也不易。

孔雀难说就不是在笑看我们这些人，孔雀看人和人看孔雀也许是一样的感受，我们不知而已。

不知有时候就会茫然，分不清满足与快乐、可怜和可悲。

整日犬马声色的人来到庙里说这些僧人真傻，青灯素食，何苦呢？庙里的师父听着他的言语，觉得可悲，他们都看着对方可怜，究竟谁可怜？

一名工作狂和一名流浪汉相互瞧不起，都认为没有发现自己的快乐。

人人都在各自世界里自乐。风不知雨的快乐，雨不知风的快乐。

风雨堪忧，有些人却因之而喜。

毛毛草也有它的歌。

樊川亭旁的洞见，给了许多人的启迪，也带来了一些烦恼。

有人要来，有人却要走了，没有无缘的喜，也没有无缘的忧。

吃惯了苞谷珍半汤的关中道人忽然一天要全部改成小米稀饭或者油茶胡辣汤，定然不习惯，还会回到从前。这些再好也只能打个尖。

法不孤起，仗缘方生。道不虚行，遇缘即应。

某种劫，也许是某种机缘的生。

福兮祸兮，其实难定。

有钱人买别墅、找情人或者要去苦修行，其共同点都是追求"乐"。一种是表面的乐，乐也可能带来忧。一种是以苦为乐，不因苦而苦。

有人喜欢说真理的话，不知道拐弯，认为自己是正确的，老噎着别人，以自己正确让别人难受为乐，跟这种人打交道累人气人。

人无癖不交，就是有缺点但性情。

我常常在众人乐的时候最孤独，看着诗人们在台子上吟诗，悄悄在僻静里和那只流浪的猫玩耍。它在塬峁自由自在地独行，我在繁华里徘徊。当诗人们吟诵完的时候，我向它挥挥手，它竟然也挥挥它的爪，就这样没约下次。

我每次来和走都没有给孔雀打招呼，因此它不亲近我，是自然。

自然久了，就习惯了。

潏河弯弯绕绕，沿岸郁郁葱葱，滋润着樊川，奔流至沣，一直流到了大海。

终南白云缭绕，天空阴阴晴晴，山峦叠叠重重，扑朔迷离。

这种自然现象，学习它，也许就是师法自然吧。

面对大自然，人何其渺小，要学的太多。

一位小沙弥跟着师父从为一个人临终念经到超度亡灵，以及这个人的中阴身阶段，直到灵魂升天。

他问，师父，知道了这一切，活着还有什么意义？

师父说，知道了这些之后，才是生命的真正开始。

你说呢。

拾点落叶带点暖

晨，刚出门，就打哆嗦。

前几天，说降温，就是没降多少，今天，来真的了。

不一会，就看见微信里朋友发来山里白雪飘飘的照片。

城里冷暖山先知。

傍晚，城里竟也飘了雪花，雪一飘，就想围炉。数好友一起，说些肆意的话，几人的温度连同炉子的热量，能暖整个冬呢。

人不宜太多，三五即可。

古人取暖靠炉，现在哪还有炉可围。

围炉成了臆想的佳话。

记得二十数年前也是冬里，我去马王镇中学看望同学，我俩围着火炉，都是不善言之人，不冷场也不多语，煤球旺了弱了，弱了旺了。误过了饭点，我俩就在炉子上下了两碗挂面，熟了一勺油，一星菜丝都没有，还吃的香喷喷。如今想想，只有心头莞尔。

诗人柳江子的按摩馆一到冬天就成了围炉的好地方。

作家王老师和张总还有我是常客，都放着比这儿更暖和的家不回，在这儿扯淡。

落魄的王老师总是说着让他曾经豪迈的往事，还不忘时不时调侃张总。张总就喜欢闲扯。在这儿都放下了自己，没了正形。人有时就是两张皮儿，一张努力挣扎着生活，一张是赤裸裸的自我。

往往围着炉，能揭伤疤，揭得越狠，才能回到真自己。

而我们就在不断愈合伤口，不断让它滴血中前行。

其实，没有伤的皮肤更疼。麻木了，就不疼了。

当然，还有一位王主编和樊专家也来，还有柳江子的徒弟，在角落只是听，不吭声。似乎，在这儿待会儿，真能让自己暖和似的。

如今，城里不让生火炉了，不能围了，但似乎并没有降低大家的兴致，隔三差五，还要坐坐。

没了火炉，的确我去的少了。

我便去一些友人的茶室，浓了淡了，淡了浓了，一个半下午，就在不觉间而过。

早上有雪飘，"晚来天欲雪，能饮一杯无"，一吆喝围炉，响应着有。下午一放晴，随着温度升起，没了下文，不了了之。看来，温度越高，围炉夜话、茶话、酒话的情绪就随之越低。原来灵魂里的暖只有在寒冷时才最能感知，如果心里真冷了，是要补补暖的。

人自己就是个火炉，没有人暖了，只能自己暖和自己。

冬天里，手拢进袖口，口鼻哈着热气，远远看，是不是像一个火炉呢。

现在人，吃着火锅，嘻嘻哈哈，杯盏交错，也算是围炉吧。也是一番真性情，但是交流的深度似乎比滚滚的汤锅减弱了不少。

竹林七贤冬天就难得出山了。围着火炉，谈天谈地，酒也过了，茶也过了，一张大炕，你压着我，我压着你，疯也疯了，醉也醉了，第二天，继续。

这样的日子成了千古佳话。好日子最终还是散了。

所以佳话的日子不能多，也不可能多。

炉子没有了，只要有心。

有心，什么都可以有。

一杯茶，一杯酒，甚至一包烟。就成了炉，能暖心就行。

离真正的冬雪估计还有些日子吧，落叶还在风中坠落，一枚落叶，又一枚落叶，落叶原来也有声音。

一些记忆都被我弄丢了，刚刚过去的那个秋天，还有夏天，我把我的影子丢在了那里，寻不着了。没有影子的陪伴人就很孤单。

俯下身，我想拾些，那上面有我的记忆，拾些，没有了炉，叶子也能给灵魂里带点暖。

明远先生微信，来茶。

已经失约了一次，今天下午，我带上这片叶子，就让茶温暖我，也让叶子的声音温暖他。

山不转水转

山不转水转，人不转狗转。

此刻我的思想停固在一座院子里的一把椅子上。方凳上摆着一杯茶，有微风掠过，有鸟鸣，听，静静地，你听。

一只狗，围着椅子转了三圈，它是相中了我手上的一枚杏脯，我刚坐下时，撕了一包，拿出一颗，吃了肉，吐出核，小黄狗迅速叼走了。

杏脯酸得渗牙，呡了一口茶。

看了一会书，也不想看了，就闭上眼。黄狗卧在旁边，眼巴巴看着我再吃，我都眯了一会儿，黄狗看我醒来，围着我转了三圈，见我还是没动静，就又卧回去了。

其实最近动的有点多，有些累。你动的多了，就忽视了身边的景致，视而不见，觉得景物好像摆设，不动。只有安静了，才发觉云在飘，风在飞，鸟儿喳喳叫。

我拿出一枚杏脯，为了它，我这一次剥掉果肉，扔给了狗狗。留下了杏核，壳子并不十分坚硬，我用牙咬碎了它。从碎壳里取出核肉，油油的，后味香香的，比果肉好吃。

看来，有时候要变变脑筋，狗狗嚼得津津有味，它好我也好。

塬不转水转，塬上的陵不转，人围着它转。希望发现点蛛丝马迹，和陵里睡的人对话。古时候，陵墓是敬仰之物，甬道，城郭，华表，神道碑，祭祠，都是让你膜拜的。如今，王陵成了旅游景点，人人可以攀顶，希望发现、探秘，或者登高望远。过去，这是大逆不道，现在不以为然。

站在陵顶，你觉得失去了什么，越来越多的人失去了，不觉得，那么自然。不想，永远不自知，一想吓一跳，自自然然地丢失，自自然然地带头丢失。

好在，你不动的时候，和这座王陵一体，那些真实的和传说的历史故事在涌动，那些地表的物体千年来不断改变，耕牛不见了，来了铁牛，铁牛不见了，庄稼少了，树多了，楼渐渐高大，树也渐渐少了。而大冢没有改变，也许上面的草籽还是汉朝的，这繁茂的野刺玫和野苜蓿也许就是汉朝的种子，野荠荠菜也是那时候的，北面不远的寒窑王宝钏挖的也许就是这种野菜吧。

你顺着曲径下来，一路小跑，只顾了迈步，思想就少了。所以走一走，就歇下来，反刍一下，或者冥思一下，磨刀从来不误砍柴工。

一架滑翔机飞过，此时你是它的风景，它是你的风景。云是它的风景，冢是它的风景。

这些照片又成了更多人的风景。风景也会表达，默默也是一种表达。

微信里，有人发牢骚，有人发风景，有人自我，有人不屑。有人什么都不说，看着别人自说自演。

微信还是微信，任尔东西南北风。孙猴子再动，如来佛不动，任你一个跟头十万八千里。

风轻云淡，心不动，万物静。

念一起，天地涌动。

花花世界里，谁把谁压在了五指山，谁又是谁的佛。

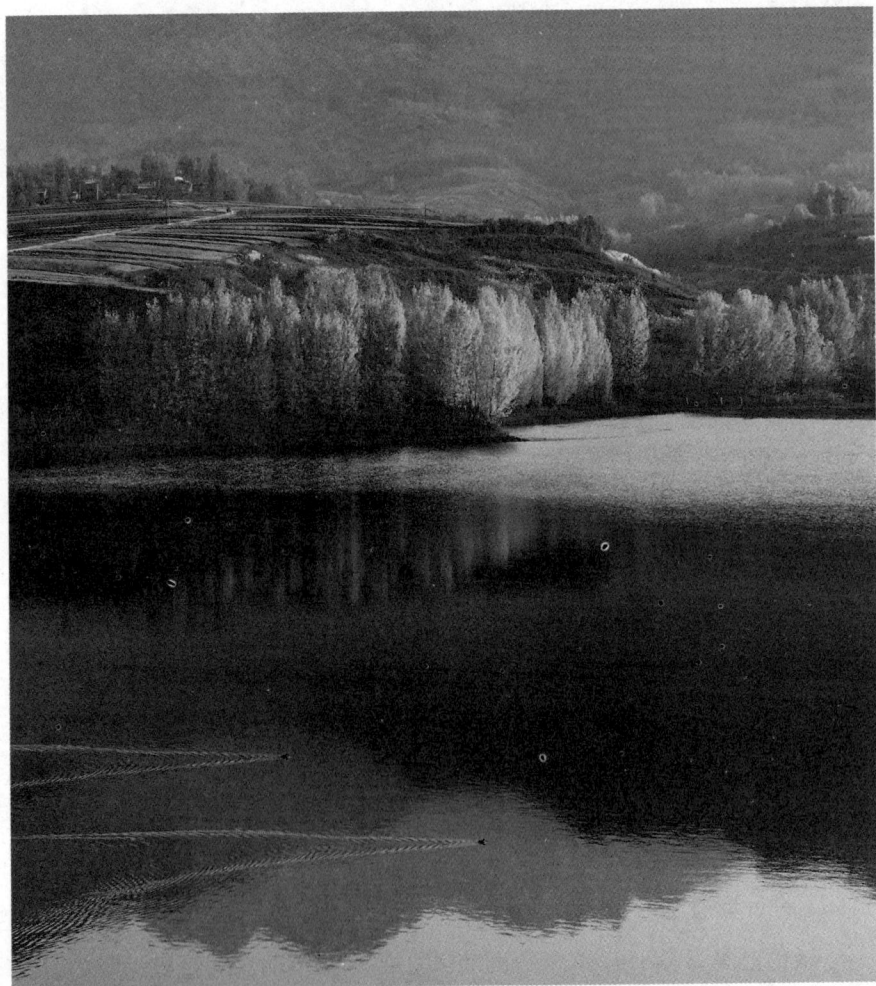

酒要微醺

天越来越热，虽然只是小满。

花半开，酒微醺。满与未满之间，即是最佳。

水盈则溢，月盈则亏，谦受益，满招损。

小满之日竟然有这么多古人给予的启示。

樊川道的樱桃正红，对面的神禾塬的麦子微黄，布谷鸟几声欢叫，飞远了。

孔雀笼旁边挨着有几只藏獒，藏獒凶猛的吠声让人害怕，放在外面它是一只狼，关在圈里它的吠声再凶猛也只是一只狗。

太阳一肆虐，万物恐惧，獒也自寻了一块阴凉，懒得动弹，连声音也变得温柔起来。

通往汉丞相朱博故里的坡在唐时成为杜氏族人常走的坡，杜延年走过，杜如晦走过，杜甫、杜佑、杜牧都走过。

怪不得杜牧老先生有数首关于朱坡的诗，原来他先人杜佑的庄园就在朱坡之西半塬上，想了想，可不就是我待的这地方么。或者就在下面一点。

唐代城南樊川别墅林立，以杜佑郊居林泉佳丽为"城南之最"。园中引坡上泉水，有千回百折的九曲池、别具一格的玉钩亭等，还有两孔窑洞，有冰窟之称。

当然杜牧的别业在据此不远的西南方向，也就是对面神禾塬畔的瓜州村，然而去他的祖茔之地是必须要过朱坡的，这里有他的同宗，他们汇同一起，然后到塬上司马村去祭拜祖先们，杜佑、杜淹、杜如晦的墓茔都在此地。

一千多年后，杜氏祖茔已荡然无存，几十年前还有杜牧他老人家的坟头保留着，村里健在的老人依然能记起这座坟冢的模样，上世纪五六十年代被捣毁的杜牧残碑依然有部分在村民手中，只留下一块低洼荒地让人唏嘘。

塬下曾经有杜甫的茅屋，明朝时有人在少陵塬勋荫坡建了纪念诗圣的祠堂，保留至今。

好在这里也就是我喝茶的亭子，经常有人吟诵诗歌，还有诗会举行，也算让杜甫、杜牧有所欣慰。

淳风观传来击磬声，估计善男信女正在叩拜洞里的神仙。

刚才还清晰的终南山有些蒙眬了，空气里有少许霾。有时，一天里会有很多次变化，或半遮半掩，或楚楚动人，或云蒸雾霭，你呢，心情就随着它的变化而起伏。

塬下这座曾经叱咤风云的表厂，它的辉煌已不在了三十余年，可蝴蝶手表的名字已成为了樊川道永恒的记忆，只留下一座废弃的厂房等待着一段新的宿命。

假寐的明心

我上来时，明心一个人在亭子，假寐着。

他知道有人来，虽然他没有睁开眼。

我也懒得理他，进了如如轩，坐了一会儿，写了几句话，才出了洞。

有人正好上楼梯，打招呼。

他也睁开了眼。

我说，继续么。

他说，坐一会儿真好。

在陶然亭我不自觉会想起南山里的一些修行人。

他们修的语言很柔顺，身体很柔顺，柔顺得像寺里的僧人。

他们不争，不争名利，不争财物，不争朝夕，不争得像观里的道士。

山外一些人很羡慕他们。

我一样，我也羡慕。

羡慕就是因为自己做不到。

亭子里的这只"孔雀"做到了自如，人来不为动。亭子下面的孔雀也兀自开屏，尽管没人看。怎会没有呢，有鹅和鸡、鸽子们。

孔雀不寂寞，明心也不寂寞。

内心安静了，自然不孤独。

终南山似一尊佛，一直很安静，很博大，很深邃，它不孤单。如今人们喧嚣了，它才显得孤寂了。

有时候最最热闹时，却是一个人最孤独时，想哭；有时落落一个人，清茶流山，却一点不孤寂，喜悦盈满心头。

孤单并不可怕，可怕的是一直不清醒；不清醒也不可怕，可怕的是时而清醒时而糊涂。

一辈子都在路上，在路上茫然一辈子。

汉朝的樊川景色古人说很美；唐朝的樊川古人也说很美；如今依然很美。上面的植物换了一茬又一茬，汉朝林木繁茂地广人稀；唐朝水稻、桃花相映，樊川晚浦杜曲花光成为城南十二美景；如今麦浪、油菜、桃花，花团锦簇，地也不广了，人稠多了。景色如四时景致的变化一样，春夏秋冬不同时期颜色不同，各有各的美，古依然，今依然。

诗人杜牧这样描述咫尺的《朱坡》，

下杜乡园古，泉声绕舍啼。
静思长惨切，薄宦与乖睽。
北阙千门外，南山午谷西。
倚川红叶岭，连寺绿杨堤。

坡还是那道坡，杜牧不在，朱博丞相故里还在，物是已人非。

只能在杜牧描述的景色里遐想了。

也许要不了几年，朱坡村永远就成了记忆。

大自然让我们享受了它缔造的美景，也可以让沧海桑田。人为有时也可以改变自然，譬如少陵塬上许多王侯将相的大冢，已成为云烟。

我们只有在记忆中风追千古。

许多村子也将消失，也是人为。

我们是应该庆幸呢，还是悲哀呢，又似乎不能简单结论。

终南山不发表议论，是谁也搬不走它。一座塬的变迁都不敢轻易下结论，人为是可以搬走它的。若干年后，你还认识少陵塬吗？汉朝的鸿固塬、凤栖塬，唐朝的少陵塬，古人若在，恐怕也不敢相认。

似乎想得太远，远的如那终南山；似乎历史太近，不过千年，近的如那终南山。

我们即使看得再远，只要能看见终南山，都在它的荫庇下。

风是好风，一切随风

金庸去了，接着是李咏，屏上一阵风。

二月河去了，有风，不算大。

记得六岁的时候，在公社的会议室里，我被父亲拽着站在第一排，身后是黑压压的人群，都对着眼前一台黑白电视机在流泪，电视机里的人影个个表情肃穆，清一色的黑衣白花，哀乐声声中都在流泪，我也跟着流，从此我养成了见不得众人哭的样子，只要有众人流泪甚至欢呼都会让我湿了眼眶。

那一年，毛爷爷走了。

三四年后，我父亲走的时候，姐和娘哭得死去活来，我也跟着哭，只是觉得爸爸再也见不到了。

而这种痛，在我青春成长的后十余年才真真切切的彻到了心扉，每每跌倒后，我撒些面面土在膝盖滴血的伤口上，爬起来，抹干眼泪，在许多无助与羸弱中不得不坚强起来。

荣哥的走，堪比领袖，二十年余不衰，你不得不感叹文艺的强大。

那一年，梅姐和荣哥，成了 2003 年的新闻中的新闻。

一个大人物走了，也就是这样，因为他们的成就，人们还惦念着。我们不认识他，也不可能亲自去吊唁，只有随风而风，伤悲而没有痛。

最痛的是亲人。

人生中大部分的告别，却都是悄无声息的。

许多许多，很多年后才明白，原来某一天的相见，竟然已是最后一别。

虽然只是近在咫尺，尽管不是隔山隔水，有的是没有打过交道的邻居，有的是老家的叔伯姨婶，有的是一位师长，有的是一位友人，或许有的人见面也只是个招呼，或者有的人偶尔见那么一回，想不到那一次，就是最后一次，此后竟再不会相逢。

人生就是这么无情，也是这么匆匆。

痛也一天，快也一天，愁也一天，乐也一天，悲也一天，喜也一天。

过好每一天，成了一辈子的探索。

爱也匆匆，恨也匆匆，一切都随了风。

金大侠永远的去了，留下了许多经典。

经典也会随着时间散失，只留下一个有情的世界。

在有情的世界里，人们要极致，名之极致，利之极致，情之极致。

我们都是有情众生。

我喜欢金庸先生在《书剑恩仇录》中乾隆送陈家洛佩玉上刻的词语："慧极必伤，情深不寿，强极则辱，谦谦君子，温润如玉"。

一个人过分地显示自己的聪明，必定会受到伤害，太倾注于情感，会影响你的寿命，太要强了就会受到羞辱，做一个谦虚礼让的人，像玉一样，美好润和而不显露最好。

这句话好像是《国风·秦风·小戎》里的句子的演绎，"言念君子，温其如玉。"

这世上没有绝对的君子和小人，太谦谦，则会被人誉为虚伪；太斤斤，又非所想所为；做人难，难在这有情的世界里。

佛家让你摆脱有情，终究都是色空一场。

我们做不到，那么就让一切都随风。

也怒，也喜，也笑也泣，不去极致，可以执着，不去执拗。

随风就好。

不若退而结庐

天气昏沉，似乎又不是霾。

接连几天看不见南山，还真有点想了。

沉郁里，似有点它的影子。不仔细，似乎又瞅不见了。

在陶然亭，我曾经不止一次数过重重的山峦。天气晴好，白云朵朵时，最多数过七重，也有五六重的时候。

可在厚霾天，南山只在心头。

霾薄些，南山隐隐的，若有若无。

见与不见，南山依然就在我的对面。

想一个人，可以辗转；想一座山，就进入它里面。

下午，我就贴近了它去看，山下似乎霾浅，林木清楚可见。然而往深里看，依然看不见三重之外。

谷里涧青树绿，谁知在陶然亭竟看不见它，这样的时候似乎很少。

没了山，就少了些遐想，唯有读书。

在陶然亭读书是最惬意的事，陶然亭读陶诗，是惬意中的遐意。

不管是"种豆南山下，草盛豆苗稀"，还是"采菊东篱下，悠然见南山"中的南山。许多人说陶渊明所说的南山就是终南山，还有许多人说是庐山等等，世人似乎都喜欢把名人的东西往故乡拉。其实，自从《诗经》里有"惟石岩岩，节比南山"句子以来，拉与不拉，南山就是《诗经》里的那个南山。

南山实质上已经是一个泛指了，它就是诗人心目中的理想灵山。

陶诗的意境至今无人可达。他给了世人无尽的想象空间。

不管是当时还是后来或者眼下，无数人都觉得自己处在一个樊笼里，工作是樊笼，家庭是樊笼，感情是樊笼，所以看见山，看见水就特别高兴。少无适俗韵，性本爱丘山。我们在生活的这个染缸待久了，就想倦鸟归林，因之也才会"羁鸟恋旧林，池鱼思故渊"。

田园谁不爱，几分方田，躬耕垄亩，悠悠哉，维相陶令也。

尤其处在公文堆里的人，更甚。趴在窗户望断南山流岚，涌动着无尽的向往。

他们往往把这种对山水的向往，寄予为羡慕那些自由行踪的人。而自由行踪的人往往都在笼子外，或者褪去了那层束缚自己的皮囊。

临渊羡鱼，不如退而结庐。

结庐不必找荒山荒地，荒山荒地就是你自己啊。结庐也不必非有山水为邻，和生活为邻，木头和龙须草有的是，而灵性的思维却不常有。

窗户也不必明亮，明亮的是你的眼睛。

面朝大海，春暖花开。

诗意在心头，随处有大海。

心中藏般若，莲花次第开。

谁是左冷禅

有风掠过，一阵寒噤。

五月的傍晚，竟还有这么冷的天。

坐在这儿不想动，风让你动，你若不听，感冒了，对不起风的。

有时，一些事物给了你友爱，你却在埋怨它。譬如你埋怨风给了你冷，却不知是它给你捎信，天变了。

又譬如，你发了一篇你的文章，点赞一片。赞扬固然可以给人鼓励，却没有底下留言说你写的不好那个人让你增强改进的动力大。你是应该感谢谁呢，我们往往感谢的是点赞的人。

洞里虽然阴凉，却没有风，阴凉的洞此时却温暖着我。

微信圈里不给你点赞的不见得就不是你的朋友，点赞的也许只是点赞之交。

然而我们依然渴望点赞的真朋友。

微信圈也是江湖，礼尚往来是江湖的不成文规矩。什么时候没有了规矩，也就真的成了江和湖了。

笼子里有一群江湖朋友。他们虽不同道，却和睦相处。从没有见过他们剑拔弩张，也许他们早已相忘于江湖了，因此只有华山论技了。

他们的华山就是笼子里的棚子外，那只开屏的孔雀自然就是左冷禅了，鹅是这一群侠客里面叫声最好听的一个，虽然它的铁砂掌厉害，却从不使出来，它也不使用拧的绝技，因为它的歌喉就已经技压群雄。一群鸽子不停地咕咕叫着，却不及鹅的一声。几只鸡不甘示弱地比试它的歌喉，也只是响亮而已，并不动听。

然而它对鹅自然不服气，骄傲地扬着它的头颅，翘起头冠，让盟主定夺。

孔雀只管开它的屏，并不理会鸡。

盟主的地位谁又能撼动呢。它们在这个圈子里用战斗争来的或者默契而来的江湖规矩却稳固地留了下来。

十个平方大的笼子装了三只孔雀、两只鹅、五六只鸽子、二三只鸡，还是蛮拥挤的。就如拥挤的地球一样，地球每天都在上演战争，而笼子的江湖相对于和平安静。

谁又会是最高的武功呢，华山论剑最高武功的欧阳锋疯了，江湖总不能说一个疯子是最高武功吧。

剩下那个被动用武的郭靖，藏剑而不用，只用于自卫，这种内敛尤其像现在的中国。

笼子里孔雀不会是永久的盟主，下一个左冷禅会是谁呢？

望云兴叹

三日未到窑洞，陶然亭依然客舍青青。

那几只雀鸟依然如故。

今天无客，可以呆想。

在洞边，我愿意傻傻地看着南山。

我知道，南山一定也有人在看着我这边。

我们都是对方的风景。

我们其实都看不见对方，却真的知道有人在看，彼此呆呆，如傻子一般。

只要天气好，我就反复数南山，我能数出南山有七重呢！当然有时候五重，有时候云蒸雾绕，只是露一个尖尖。

怪不得里面会住着那么多隐士，隐士们就像天上的团团白云，让人思无穷，向往无穷。

天气晴好，白云如棉花糖挂在蓝色的海上。一团一团，像龙，像羊，像观音菩萨，什么样都有，鼻子、眼睛俱全。没多一会儿，再看时，眉眼变了样，一会儿形状也变了，变成了另外一种。

南山青青，天空蓝蓝，白云朵朵。雨了，这些就会换成另外一种情景。霾了，远的不见了，天上不见了，只有近处茫茫一片。

一切有为法，如梦幻泡影，如露亦如电，这云，这山，不都是似相非相，最终如梦幻泡影了么。大自然其实每天都演化佛法，我们却不自知。

就如亭子里，每天不同的客人，不同对象，变换着，也有没有客的时候，就像现在。甚至我这个客人也不来的时候，山水仍在变化不同颜色，变化的只是颜色，山还是那座山，水还是那条水。

人在变，亭子没有改变，而所有人都是亭子窑洞的客人。而相对于不同的人，亭子以及亭子周边所有的物体，也是不同个体人的客人。每个人看到的都有差别，每个人都在变换不同角色。

我们看风景，我们在被风景看。

像菩萨的那一团云，渐渐变成了一只牛，又变成了一只昂首的公鸡，最后幻化成一只兔子直至一条河，最后一丝丝散去。

前几日一团云像一座天梯，可就是只能望而兴叹。

既然不能上天，我就在洞里坐一会儿，地上还是实际点。

一切法不离当下。

孔雀和鹅

几日里，写的全是鸟兽花木，竟忘了我身边那个最大的动物。

孔雀能与鹅为伴而和睦，鹅不嫌孔雀叫声难听，孔雀不嫌鹅开不了屏。

明心吹埙的时候，就像孔雀开屏，不给掌声也开，给了开得更大。

鹅的掌很大，从不鼓掌。它已习惯了孔雀开屏，习惯了给孔雀的掌声。

据说，开屏的都是公孔雀。可惜孔雀认不得人的男女，它都当作知己，给点呱唧就灿烂。

我邻着的这位明心先生就是这样。他一曲埙乐，总能迷倒数人。我就是那只鹅，已习惯了他的聒噪，他开他的屏，我看我的，就是习惯了不喝彩不呱唧。

他说你也不鼓个掌，你看人家都鼓了的。

我说，我本来不想听，钻进了我耳朵，我就笑纳了。

耳朵已结了一层厚茧，麻木了。

听得多了，有些曲子就熟了，刚一起音，就知道是什么曲了。

然后就闭上目，恣意享受。

同一座茶台，同一壶茶，同一种茶叶，我不在他是主人，他不在我是主人。

他的客人就是我的客人，我的客人也是他的客人，找他也就是找我，找我也就是找他。

我不嫌他聒噪，他不嫌我吵闹。

有时听他丝竹乱耳，有时听我煮云侃山。

刚住进洞，我笑过他。

两孔洞中，一孔洞家具摆满，他嫌不好整治，要了那间空的，想着能按自己心思布置。

我慨而受之，叮置一番后，变了模样，看着还蛮有情趣。

他的洞直到现在还是半壁江山。

他过来瞅了瞅，想从我的洞拉家具过去，我的已各就各位，岂容他破坏。他只好放弃了觊觎之心。

我笑他，这可是你选的。

另一件事让他取笑了我。

洞口需要一牌子，几日后，我觅得两块大小一样的木牌，一块油漆光滑，一块略旧粗糙。光滑的我留着，粗糙的给他。

一日恰值俩书画友人来访，便正好题写牌子。他的由岚君先题写，片刻功夫即就，字迹苍劲清晰。

我的后动，费尽周折，几番复描，苦煞书法江君。

他笑我，这可是你选的。

看来便宜占不得，他笑了我，我笑了他，扯平了。

他越来越厉害，长安已经装不下他了。他经常出入省城，或讲课，或演出。

我说，你出名了。

他说，我是明心。

为了这个名字，许多书法家给他题了明心见性四个字。他说，他要聚拢一百副，办个展览。

心有多大，地就有多广。

他的天阔了，会不会飞走。

飞走了，我听谁聒噪呢。

在没走时，我俩就是鹅和孔雀。

他是明心，我是初玄。

共一座陶然亭。

同一座茶台，同一把壶，一款茶，客人不分彼此。

看一座南山，看一座川，一条潺潺潩河淌心间。

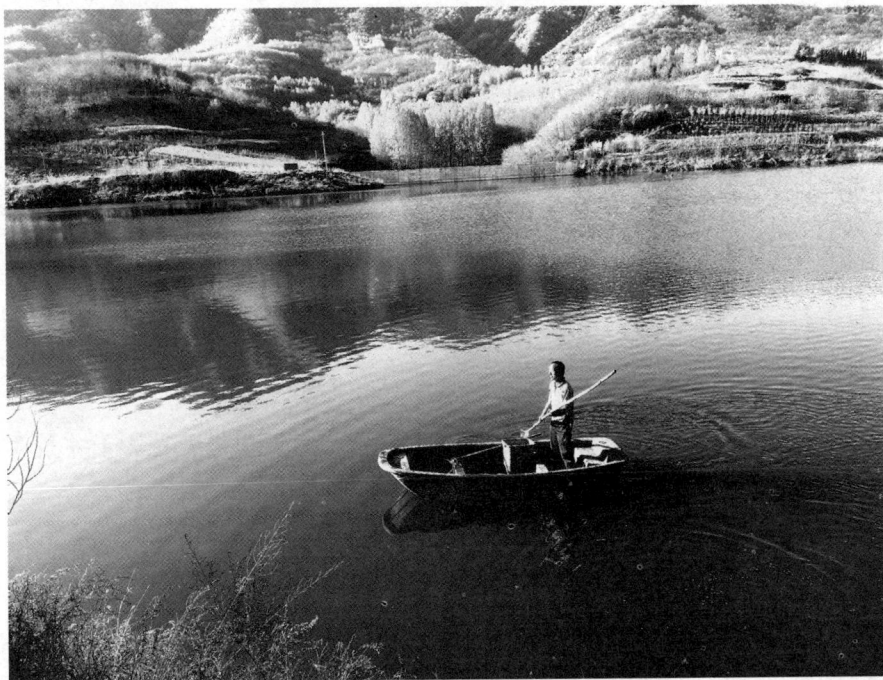

蛐蛐是青蛙的知音

太阳西斜时，南山不再明丽，从水彩画逐渐成了水墨画。

月早早挂在东天，亮得有些刺目，圆得让人感动。

洞边懒散，竟不知日子，想必是十四十五了吧。

一查日历，果是。

白天的樊川绿意浓浓，夜晚，繁灯点点。

天上，月明，星稀。

杯中的茶和五月的夜一样，凉凉的，却也温馨。

就让茶壶歇歇吧，累了一天，不忍再打搅它。

连孔雀们也知趣，不再展示它那并不动听的歌喉。

窑洞里，兰香扑鼻，它竟然成了夜来香。灯影里的兰花影子才是兰花最美的姿态，把影子画出来就是最美的画。

一只猫却倏儿钻出来，恐是这几日茶台上水果和糕点的残留让它们过了嘴瘾，今夜就早早报到来了。

黑暗中和我对视了一会，我只能隐隐感觉它就在我前面不远处，而它，清楚知道我的存在，虽然我没有动。它更看清了桌上留着的草莓和锅巴，所以不肯离去。

见我没有动，它只好退却了，哧溜上了房顶，消失了。

我原先是有意给它留了些的，怕它找不着吃的，就翻腾别的，甚至饿了，也不想阻击老鼠了。然而，几次茶台上拉倒了香盏，踏碎了多肉植物，让我决定不再留东西了。让它反省一下，过一阵再留。

青蛙的叫声让夜宁静得像无语的恋人，川恋着塬，塬恋着山，山恋着月，月恋着天，天恋着地。

而我，恋着这份宁静。

我收拾桌台声让孔雀又一次展现起它并不美妙的歌喉，连月亮也不忍听，躲在了一缕浅云后面，鹅提醒了它，它停了叫声，月亮便又钻出来了。

陶然亭此刻又即将成为孤家寡人，不，我在这里，我才是孤家寡人。我走了，它就真的安宁了。

我下楼梯之后，就听见了动静。躲在暗处的猫窥视多时，一声"喵"算是和我打过招呼了。

你不要这么客气，等一下不要生气就好。

蛐蛐是青蛙的知音，两位彼此应和，在这个夜里。

胜过人间伯牙子期。

当然你们俩此刻粉丝很多，周边一切都是，包括路过的我。

月挂东天

有些人走着走着就散了，有些事走着走着就淡了。

譬如那几只孔雀，我没来，它开着屏，我来了，它还开着屏，虽然我们是老熟识了，并没有因着我，它开得好些。它熟视无睹我的款款深情。

初冬的暖尽管很暖，却并不能脱衣服，朋友间再好，不能失了尊敬，不能因熟而废礼，在中国尤其如此，礼多人不怪。

每天都有因果发生，每时每刻都上演着因果轮回。犹如身体的症状就是心相的果一样。

在这座塬畔，我是虔诚的。

因为我总觉得有一双或者多双眼睛看着我，或许是朱博，或许是杜甫，或许是韩愈柳宗元，或许是李淳风杜牧，我一直感觉这些人就像夜空的月亮，你没有刻意看着它，或者看不见，但是一直它都在。

也许我的虔诚是辜枉的，但改变不了我澄明的初心。受了委屈不辩解，也不挣扎，跟着心走，哪儿累了就歇哪儿。

这世界最难猜的就是人心，猜不懂，或者太费心，就不猜了。

岁月静好。

山川塬静好。

你静好，我静好。

冬里崖畔的野草在阳光下毛茸茸的，像是黄土的棉被。这时候，我愿是那只野猫，慵懒地躺在草坡上，眼睛都不愿眨一下。

"洞见"让许多名人放下身段，曾经面对着百人千人的演讲变成几十人的倾听。今天是面对着终南山，面对着沧海桑田的樊川，和少陵塬畔的古往先贤在对着话。

灰喜鹊不懂猫的心，在树杈上唧唧喳喳，猫不屑一顾，它知道我看着它。又来了一只，和那一只对唱，曲高和寡，我也不是它的知音，就一前一后飞走了。

关在笼子里的藏獒只有用狂吠证明它的威猛。放出了笼子，即使再温顺，也让人恐惧。

人和人往往带着面具说话，所以知心者就少。啥时候卸了，别人轻松了，自己也就轻松了。

看了一段动物世界，山羊被鳄鱼紧紧咬住，同伴远远观望，最后关头，救它的却是河马。

距离太近了就看不清了，只缘身在此山中，距离远点反而会清晰，眼光模糊了，视野宽阔了，心底就敞亮。

再黑的夜，月亮仍在，心里的月比天上的月更重要。

下塬的时候，才发现今夜挂在东天的月亮如此得圆，月光柔柔地洒在坡坡坎坎，沟沟渠渠。

我竟然为今夜的月想流泪，感谢皎洁的月亮照着我澄明的初心，我以我心向明月。

想起去年的第一场雪，今夜我是如此渴望一场今年的初雪，真的渴望。

听花开的声音

亭子角放了一盆吊兰，是友人送过来的。

我浇它的时候，发现它开了许多小白花。

吊兰开花，还是第一次知道。

我许是寡闻吧，也许是我曾经养的吊兰都没有开过花。

最近有许多第一次才知道，譬如佛家见人合十，一句阿弥陀佛，算是问候；道家却是拱手一声慈悲或者吉祥，即是打招呼了。而且也才知道，道家叩首和佛家是不一样的，道家像是送礼，佛家像是接礼。道家左掌压右掌，手背朝上，叩头时在手背点三下。佛家手掌对应外翻，手心向上，一叩抬起头再扣再抬。

又譬如听人说开屏的都是公孔雀，便以为母孔雀不会开屏。然而忽一日发现母孔雀也开，虽然尾羽短小，开得丑陋，却是也开的，否则一辈子就以为如是了。

其实人不知道的事情太多，或一知半解的更多，却总在炫耀自己的无知或半知半解。

我常也是这样。

认识不到是悲哀，认识到了不修正自己，是更大的悲哀。

望着南山，每一天，深浅不同，四季，山色迥异。这些现象，犹如一个人一年的酸甜苦辣。

黄鹂不叫的时候，塬上的麦子就熟了。

这时候，处于忙碌前的静谧，黄色的麦子静静地和土地做最后一次深情的长吻。

之后，就要别离了。麦子做一番旅行之后最终再回到土地，这个过程是离奇的，也是曲折的。犹如一个少女变成少妇，再变成家庭妇女，变成老妪，也要回归土地一样。

我们都是土地生出来的，转一圈，走一遭，再回来。

土地上的颜色在变，土地的颜色从没有变；寺庙的僧人在变，寺庙里的钟声没有变；人的心念在变，那部《心经》从没有变；祷告人的国度皮肤变了，那部《圣经》没有变。

人心不古，追求善良没有变。

只要真在，善在，并将真善视以为美，古风就会重现，世界也因之一定会更美。

坐在亭子，一杯茶，浓了，淡了。

坐在亭子，红茶是这味道，黑茶是那味道，绿茶白茶菊花茶又别是一番滋味。

茶字分解了其实就是人在草木间行走。自然会汲取大自然的养分，它是大自然的馈赠，用来济世的。

在陶然亭，宜品茶，少言语，听听鸟儿说什么，听听风儿说什么，听听终南山说什么。

听完了，听你的。

我只负责煮茶。要我说了说两句，不要了，我就静静地听。

你拨开孔雀和鹅的叫声，你拨开犬獒的声声吠，听，仔细地听。

听吊兰花开的声音。

当然你若再仔细点，你还能听到樊川崔护扣门的声音，听到夏侯惇练武的声音，听到韩符读书的声音，听到杜甫茅屋秋风瑟瑟的声音……

那只猫不知几何卧在亭子角儿，静静地，听人说话。

黄鹂鸟停止叫声的时候，塬上塬下的麦子黄了。

我就坐在陶然亭，听麦子的声音，听我小时候割麦子的声音，听父亲扬场的声音。

洞边暂无事

风微微的，很柔。

南山蒙在雾霭里，隐隐的。

靠天吃饭的神禾塬上麦子已经旱的有些黄意，樊川却一片郁葱，潏河看不见，被杨树构成的绿色长廊掩盖着，只能想象它蜿蜒的样子。

此时的陶然亭只有一人，立夏的天在下了一次雨后，凉得不可思议，我披着外衣静静地安享这份孤寂。

亭子下面的笼子有四只门迎与我为伴，两只鹅和两只孔雀。

一只公孔雀逢人来就鸣叫，接着会展开它的屏羽。不过，它的叫声难听之极。两只鹅叫得比它俩好多了。

孔雀和鹅比我有预知，客人还在拐弯处，它们就先鸣叫起来，不过，今天此时没有客人，它们竟然没有了先见之明，竟叫了两阵子了。第一阵好像是一只猫光顾了它的屋舍，第二阵子好像是一只喜鹊喳喳的在它们领地上空鸣叫，似乎惹恼了它们，奏响了一曲鹅和孔雀的交响乐。

直到喜鹊飞走，它们才安静了下来。

在五座窑洞边上，小院子和这座亭子为它守护着这份安宁，我闭上眼睛，不想吵闹，我此刻也是宁静的守卫者。它们都不动，唯有我能动而不想动，融为一体。

坡下的它们几个我虽然瞅不见，却知道此刻安静地假寐着，和我一样懒懒地，不愿意有谁打扰。

就让我觅思片刻，其实人应该有时歇歇步伐回头望望，总结一下，也许会更好。更应该给身体留一丝闲暇，放那么一会假。

不知哪儿的广播放着《渔舟唱晚》的曲子，我就在曲子里上了渔舟，与它摇曳在湖心里。

一阵子狗吠，那几只藏獒不约而同或高或低先后叫起来，接着鹅和孔雀也叫起来，我知道有人来了，看了看手机，才睡了十五分钟，就是这一会寐，让我轻松了许多。

四十岁之前我们一般都用加法，四十岁之后我们尝试着用减法。一天中，也应该在中午某个时候用用减法，不想事，只静静地一个人清欢。

洞边暂无事，无关风和月。

客人来了，就接着煮茶。

红蔻

在窑洞边，我变得懒散了。

懒得就像亭子口那盆红蔻，叶子绿油油的，就是不开花。

更像洞里那盆兰花，拿回来已经近月了，花还是初来的绽放样子。

它懒得谢了。

我懒得搭理它，它也懒得搭理我。

外面温度三十度，而洞里只有十四五度的样子，坐上半个小时，就瘆得慌。

下过雨，天凉了没一天，就又热了。

洞外不敢站在太阳下，洞里坐不了太久，此时陶然亭是最好的地方。

陶然亭本来有过很多名字，吟风亭，樊川亭，望山亭，枕月阁，每一个都比现在好听，可每一个都有人能挑出毛病。一人乐，何如众人乐，安静固然是独处的好，然能于小喧闹中品出安静，静听纷纭何尝不是升华。

即使没有一个人，下面的鹅和孔雀还有猫狗时时吵闹着，依然不得安静。

心里静了，刺耳的孔雀鸣叫也就不再喧嚣，何况还有鹅声比它美妙多了。

不说话的我比它们安静多了，或者它们唱它们的，我们说我们的。或者，孔雀唱了，鹅就停了，鹅唱了，孔雀也有停了的时候。

你们说，我闭目。我说，你听着或半个耳朵听着，都行的。不听，思想去了孔雀那里，也行。

就让各自为安。

你来了我煮茶，你走了，我道别。有烦了，你再来。有喜了，你也来，在茶里煮忧乐，煮着煮着，烦恼就没了；煮着煮着心就更宽了。

许是洞里凉，受了点寒，咳嗽数日了，还未利索。有了点病痛，人就淡然了许多，从容了许多，也就寡了言，做个听众就好。

听众其实很好，此刻，红蔻也是听众，女贞子也是听众，鹅是，孔雀是，终南山和樊川都是。

在洞边，我常常用茶水喂饱肠胃。

我能听见肠鸣声，而却不感到饥饿。

谁的樊川

日落了，山淡了。

夜拉上了幕。

花灯初上，樊川被灯光装扮得脂粉气浓了，不同于白天。

都说星星之火可以燎原，在樊川道，这里灿若星辰的历史人文、风景名胜却难以聚拢成一处大景点。

樊川是发源于终南山大峪的潏河的冲积带，被少陵塬和神禾塬夹峙的川地。

汉高祖刘邦将这条川道封给了他的大将樊哙作为食邑之地，因而得名樊川。

唐时城南十二景有两处都说的此处，一处是杜曲花光，另一处叫樊川晚浦。

隋唐期间，樊川僧侣云集，以少陵塬畔的兴教寺、华严寺、兴国寺、牛头寺以及神禾塬畔的法幢寺、禅经寺、洪福寺和观音寺等称为"樊川八大寺"。

其中兴教寺为唯识宗祖庭，华严寺为华严宗祖庭，还有净土宗祖庭香积寺，有古刹清凉寺、海莲寺等等，另有天下僧人都姓释的释家祖庭道安寺，有杜曲附近的道观丹阳观等。

这里还聚集了许多达官贵人的庄园，有韦庄韦应物聚居的韦曲，有岑参别业，有何昌期山林，有韩愈儿子韩符读书庄，有夏侯惇学艺村，有汉丞相朱博故里，有牛僧孺别业，有裴度庄，有杜牧瓜洲别业，有杜佑杜曲别业，有杜甫住了十年后人纪念的杜公祠，有于司徒庄，有权德舆庄，有郑谷庄等等。更有官宦名士将身后事也付于此地，有秦始皇祖母墓，有袁天罡李淳风墓，有松赞干布宰相的孙子论弓仁之墓，有报界宗师张季鸾、慈善家朱子桥，有陕西辛亥革命擎天巨柱井勿幕，有西安事变的杨虎城之墓等。

有崔护遇小桃姑娘的桃溪堡，有明清灌溉渠安堰等，枚不胜举，一处一个风景，一处一座名胜。

许多景致随着岁月湮没了，保存的也只是原来的微缩，这些星星点点的景物在任何地方都是一笔财富，而在樊川道，它始终难以托起大景观。

在樊川住了十年的杜甫祠堂连许多长安人自己都不知道，而仅仅待了四年的成都草堂天下驰名；位于河南孟州的韩愈故里气势恢宏，而后来在樊川安家的韩愈庄无人知晓。

我们这里祖庭僧人去了南方或港台，那里的僧人礼遇有加甚至有的纳头便拜，因为是祖庭的人来了，而我们的祖庭规模不及哪里的一座小村庙。

我无力无意怨责人，我只是觉得我们做的太少太不够。

对于祖先的遗留，历史无情而去，我们落地成殇。

一座亭子，一壶茶，我不厌其烦地讲着这里灿若繁星的历史人文故事，讲曾经发生在这里斑斓辉煌的往事。

只有不忘过去，敬畏先哲，才能更好地继承。

若听厌了，就看山，山无语，却一直滋润着这方土地。

山给予我们的太多，历史给予我们的也太多，我们反馈给它的有多少？

坐在亭子，我只是弱弱一书生。

敢为天下技？天下技要天下人来共同技。

樊川道，也一定会有它绽放的那一天。

孔雀又开屏了，客人跑去看。

樊川也有开屏的那一天么，神禾塬无语，潏河无语，少陵塬无语。

无雨的天终究会下雨，我只有期待。

香，就是天线

窑洞是有阴气的，偶尔受凉，咳嗽竟月余未好。

吃了药，好了些，停下来一进洞，就又犯了，反反复复。

我竟怀疑是我进洞前的言语造的孽。我信誓进洞要先拜拜这里的洞主，可入住月余，事情种种，竟食了言。

于是燃了蜡，焚了香。默念了所有洞主，有先贤，有往哲，有众生。

我不迷信，我相信因果哲学。人一起念，就会有一个果，这是一定的。

所以念祷一遍，心里算是还愿，准确地说，是了念。

少陵塬畔，曾经汉丞相朱博故里的地方，唐宰相杜佑别业的地方，淳风观淳风茔的地方，先贤先哲的魂灵一定还在这里。

心中有敬，岂能无佑。

一炷香，给的是往生，给的也是自己。

奇的是，次日，我的咳嗽基本痊愈了。

一炷香，只是一根天线，打通了与先贤的对话。

在亭子里独处时，我能感觉到他们就在我身边。

或长笑，或低吟。

端午几近，语言显得苍白，几案上的艾香就是文字。

从古至今，端午就是让后人去膜拜那古老的诗魂。

坐望终南，诗意樊川。

我们所做的一切，都是那时的再现或者另一种形式的复原。

朱博，侠义善交，清廉不畏贵，宾客满门。其人虽远，其事迹犹传。

杜佑庄园乃城南诸别业之最，位于朱坡之西，少陵之阳，引塬畔之泉入池，水榭亭台，曲光流艳。凿洞两座称为冰窟，时人称奇。

塬脑疑有淳风茔冢，后人尝有祭祀。曾有顽童坠入其中，三日二夜乃还。后发心修建此观，遂淳风十里，香火日盛。

杜牧也常从瓜洲别业上少陵塬游览或同宗族祭拜祖先，因先人茔地在塬上司马村。

俱往矣，唯有终南隐隐，潏水潺潺。

几朵闲云绕塬飞，一曲流殇随川迴。

置身于斯，天高地阔，你渺小如蝼蚁。

只不过是前世的蝼蚁，活在了今世的宿命里。

人有时候还不如蚁，欲念太多。

人就是将自己结成麻团，结成了病人。

然后又解，边解边结。

有人解得快点，就轻松。

有人解得不如结得快，就活得难过。

等明白了，晚了。

风归风，尘归尘。

荒冢一堆草没了。

我的斋号

在这一排窑洞，从东往西第二孔便是如如轩。

如如轩，乃我书斋名。

给书房取名，无非讨个雅趣而已。

说起，还有点由头。

数年前某日午探望病中友人回，转至乔村，探访觉罡师父。

每至师父处一回，得开智一回。觉醍醐灌顶，获益匪浅。

茶罢，去一农家乐。

席间隙，我欲求一书斋名，觉罡师欣然应诺。然言及其他，直至餐罢并未涉及。

往回途中，不知缘何谈及苏东坡书云，任八面来风，吾自如如不动之语。我说或可曰如如斋。觉罡师说正是此意。又说，如如轩如何？我思之，觉得不错，从此日后我就有了书斋名，唤作如如轩。那么，我就是如如轩主人了。

过了没多久，我还让书家王江写了如如轩几个字。然而，家里尚没有专门的书房，也就只是叫叫，藏在柜子里。

如如轩还不知在哪里，其实在心里有了也罢。如如二字，虽有所悟，终还不知出处。回来查之，才知如此如如，如如如此。

《楞伽经》所说五法之一。法性之理体，不二平等，故云如，彼此之诸法皆如，故云如如，是正智所契之理体也。

大乘义章三曰："言如如者是前正智所契之理，诸法体同，故名为如。就一如中体备法界恒沙佛法，随法辨如，如义非一，彼此皆如，故曰如如。如非虚妄，故复经中亦名真如。"

玄应音义二十三曰："如如历法非一，故曰如如。"

无量寿经下曰："从如来生，解法如如。"

同净愿疏曰："空同故曰如，解知一切万法皆如，名解如如。"

佛性论二曰："如者有二义：一如如智，二如如境。并不倒故名如如。"

《金刚经口诀》六祖这样开示如如不动：但了空寂如如之心。无所得心。无胜负心。无希望心。无生灭心。是名如如不动也。

《金刚经》第三十二节又说："云何为人演说 不取于相如如不动何以故？"

"不取于相，如如不动"。是指修行成功的佛与阿罗汉们面对一切世间的境缘，心里不产生执着。不取于相是指他们不执着世间的任何一种事物；如如不动是指他们心的平静状态，指他们面对一切事物，心理上完全以随缘与平静来应对。

我尚谈不到修行，更别说成功，我只是想有此修持而已，因而得觉罡师开导，斋名唤作如如轩。

混元体正合先天，万劫千番只自然。渺渺无为浑太乙，如如不动号初玄。

这是西游记里大约第七回里的一首诗，是说渺小没有作为浑同悟空

（孙悟空号太乙真仙），事物常在没有什么变化好像九玄里的初玄。九玄指仙界最高界，初玄即为第一界。

孙悟空没有作为，什么都不是，但是也不是什么都不是。那就先如如不动吧。

从此日起，我的斋名便是如如轩了，我也有了另一个号，初玄。

一会儿佛一会儿道，权作故弄玄虚吧。

只是一个书斋名而已，随风而去，随雅而栖。任尔解读，谨以记。

遁城

道可道，非常道。

终南山不光是佛教圣地，而且是道家丛林。

坐在陶然亭，终南山的阴晴圆缺了然与目。或烟云缭绕，或宇阁清晰。

目之能及处，素有铁顶武当之称的太兴山是这一段的最高峰。那重约数千斤的铁庙屹立岱顶，凡人是万万不能的，又是哪位仙人之功呢？

子午古道，幽幽千年。西汉文帝时就在谷里建有祭天神坛玄都坛。天都坛上，新罗人金可记在此羽化成仙，因而得名金仙观，也因此成为韩国人的道教祖庭。

卢藏用曾在子午谷土地梁以南的枣岭修行，皇帝在长安城，他在终南山修行；皇帝到了洛阳，他又跑到嵩山；皇帝回到长安，他也回到终南山，跟着皇帝跑，人称随驾隐士，终于进仕成功。他反过来劝想要退仕的司马承桢也去枣岭修行，换取更大的官。他错了，他以退为进如了当官的愿，也以为别人如他一样，人家是真想归隐了。于是，司马承桢去了云台山。卢藏用玷污了终南山。

如果说成功，希夷先生引以为耻的弟子种放可谓获得了仕途的大成功。他自己也一直徘徊于庙堂和山林之间。从豹林谷到开封，从长安城到岩谷，获得了殊誉，也得到了诉议。

我目之所不及的还有楼观台，那是老子讲经的地方，是道教祖庭之地。昔有老子炼丹，今有道长卖字，一样天下闻名。

前一阵拜访了一回祖庵重阳宫，重阳真人是道教最真实的却又故事最丰富的人物之一。他在此掘活死人墓闭关修炼两年，成道之后在终南山下传道七年，此后义无反顾东游而去，再回来却已成仙，是弟子们护卫他的凡身而归。

站在活死人墓前，活而得死，死而后生，让人几番回思，感慨万分。

王重阳在《活死人墓赠宁伯功》诗中说："活死人兮活死人，风火地水要只因。墓中日服真丹药，换了凡躯一点尘。活死人兮活死人，活中得死是良因。墓中闲寂真虚静，隔断凡间世上尘。"

"儒门释户道相通，三教从来一祖风"，他以"三教圆通，识心见性，独全其真"为宗旨，其教故名为全真教。

在重阳真人弟子马丹阳手书的祖庭心死的碑文前，我驻足了很久，道家许多道义和佛家有异曲同工之处，虽然道家离我们太近，我们却往往忽略。

在亭子能听见诵经声的地方就是淳风观。

相传李淳风就埋在塬脑，这位著名的天相大师以推背图让后世喟叹，以算术见长，精通数理，为风定级，可谓奇士异人也。后世修观纪念，风追淳风，也可欣慰。

人在六道，因果轮回，佛家因果太长，所以许多人似信非信。道家今世即可成仙，说得轻巧，修来实难，人便迷茫。所以在有情世界里辗转打滚，难过空色。随着人性，顽劣世间，离不了苦得不了乐，或者以

苦为乐，终难有乐。

修不了性，也就得不了命，修了命，伴随着也要修性，何其难啊。

那只灰喜鹊驻足枯枝一阵后，又飞走了，它也在修吗？

那只像狐狸模样的黄狗又来串门来了，它安静地窝在亭子脚儿，突然，汪汪两声，我抬头，原来远远有人来了。看来，人一定会比狗强吗？狗如果真的能修，有朝一日不小心修到了人，而人有可能堕落为狗，所以谁比谁会强？人有可能不如狗呢。

不过狗做人事，狗才可能成人。人只要不做狗事，就一定不会堕为狗。

在世言世，先做好一个人吧。

起风了，蚊子却遁去了，终南山淡了，迷茫不见。那只黄狗顺着塬楞跑走了，山雨欲来，我也该离开这里了，遁入华灯初上的韦曲城。

樊川一如故

尽管这几日天气不是十分晴朗，可头伏的天，气温在四十度左右，让所有生物都低下了高傲的头。

塬畔的乔灌木极具生命力，尽管地面干裂，树叶无精打采，可一到傍晚或者清晨，就又精神抖擞了。

爱叫的狼狗也温顺了许多，几声干吼过后就懒洋洋了，哈着舌头摇着尾巴大喘气。

记得前些年觉罡师父养了一只大狼狗，狗每遇到来客就吼叫，觉罡师一句阿弥陀佛，大狼狗就乖乖地窝着不动了。

狼狗吼叫声每次都让初来窑洞村的人心头一个激灵，后来我也每次都念阿弥陀佛，只是默念而已。逐渐的不知为何它竟真的不叫了。也许它只是习惯了我，也许它真的听懂了，总之几声吠之后，就寂然了。

人有时候不这样，任凭自己高兴，肆意狂吠，全然不顾其他，别人即使念了阿弥陀佛，视若不见，或装聋作哑，充作掩耳盗铃。

风将一片云扯开，撕碎，最后无影无踪，剩下了一片蓝天。

太阳没有人管束，为所欲为。

在太阳面前地球都蔫了，得看着他的脸色行事。

这世界是均衡的，月亮改变着太阳暴虐的脾气。

美国再强大，受到了中俄的约束，才不至于太放纵。一场小对峙，让中国迅速布局印度洋、中东。表面上失去的威仪，要从里子里找回。

长久的霸道规矩让美国上来一位不按规矩出牌的总统，偏偏也让菲律宾出来一位个性的总统。

这是巧合，还是必然。

大自然的风云变幻和世界格局的风云变幻是一样的。

再厉害的动物都有天敌，何况如蚁的人。

少陵塬畔，陶然亭俯瞰。樊川似乎自古歌舞升平，花团锦簇。

一群文人雅士吟诗弄月。竹风摇塘，桃红荷碧，他们把此处歌成了城南美景。

我一直想象着唐朝时城南樊川美景的杜曲花光和樊川晚浦的景象。

从而掩饰了曾经金戈铁马的岁月，掩饰了茅屋为秋风所破，伐薪烧炭南山中的现实，历史证明似乎永远不能让困苦占了上风，再苦，把苦日子也要过成诗，老百姓有时候就得有孔乙己的精神。

坐望终南诗意樊川，虽然只是情形的一面，今古依然。

你在少陵塬眺望樊川和在白鹿原眺望辋川竟然分不清这是哪儿的景致。能记清名姓和记不清名姓的古人在这儿眺望过，若干年后，你也就成了古人。

一壶茶，从古品到今。

有茶有诗有远方。

一座塬，从古坐到今。

人类演变了几十万年，和猿还是那么的相似。所以一个人的秉性是很难改变的。既然改变不了就何妨保持。

你的生活，永远有人羡慕，有人不齿；有人同乐，有人疏远；我终究是我，你终究是你，草木一秋几十年，你我皆过客。

是凡人，就会有怨，该报的报，该还的还，只是不要顽固地带到棺材去。

少陵塬畔无大事，看看杨虎城、张季鸾、朱子桥，再看看唐玄奘、牛僧孺、朱博，除过生死二字。

风流总被雨打风吹去，只有樊川一如故。

同台演出

明心吹埙的时候，台下那只孔雀也开了屏，我不知是不是它为他所开，明心更不知道。

我没有说，只是听着看着，他吹他的，它开它的，各取其乐。

那只母孔雀竟然也能开屏，短小的尾巴开得甚是难看，公孔雀竟退了屏，任它开，一点没有笑话的意思。它又为谁而开？为那两只鸡还有鸽子？好像没有一个人关注它，见惯不怪了。也不笑话，比人群强多了。

虽然不在一个平台，在我的眼里，对面的神禾塬，樊川，还有亭子里的明心，下面的孔雀们，此时，都在同台演出，包括依着栏杆凭眺的我。

我甚至有一个假设，把那两只孔雀请上来，在亭子边的舞台和明心共同来一首霓裳羽衣曲。孔雀就是杨贵妃，明心就是唐玄宗，可惜"东风不与左郎便，铜雀春深锁二乔"。

这竟然也是这个地方曾经这儿的主人杜佑之孙杜牧的句子。

挨着杜佑曾经的庄园的朱坡风景秀丽，杜牧这样描述它。"下杜乡园古，泉声绕舍啼""倚川红叶岭，连寺绿杨堤"。

虽然现在没有了红叶绿杨的美景以及泉水呜咽，可依然打动着我。

隔三差五都有来亭子的客人，有位黄老师只来过一次，他很忙，我也忙，我们都在碌碌着。几乎每天他在微信都有个你好，就没有了下文。我先是回应，你好，黄老师。彼此没有了下文。这样多了，就习以为常，他只是问候一下而已。我也就有时应一下大多没有应。

就如我来到亭子，每回都要望望笼子，也是问候，也是看他们安好我也就安了。

许多早晨的问候都被我忽略了，起来早，写点东西，就看不见其他了。等看见了，也时境过迁，就做了罢。

有时给别人的印象，不解风情。

其实每日我都在沐着风，人情世故包围着我，我身上沾满风情，何须说给周郎。

你坐望终南，诗意樊川。终南樊川也注视着你。它是你的风景，你是它的风景。你和它都是揽月阁的风景。

历史也是风景，存在心里，存在意象中。这儿的先贤先哲如你脑海电影中的过客。

你只是他们看这块土地人的重复，而你写不出佳句而已。

他们和你寿命或许相差不多，但是精神千古。

你死后延续只活在你儿女扩大一点是亲朋好友哪里几十年，就风化了。

而他们已逾千载还在风里不化，你不得不佩服。你也没有理由不膜拜，不敬重。

这是灵魂的延续，你不相信，那没办法。

没了敬畏，天地惋惜。

诸葛去了，魏延没了敬畏，连喊三声谁敢杀我？马岱手起刀落，人头落地。盖孔明之计也。

西门庆有一段很著名的话，常被人们征引来作为批他的把柄：你的醋话儿又来了。却不道天地尚有阴阳，男女自然配合。今生偷情的、苟合的，多都是前生分定，姻缘簿上注名，今生了还……咱只消尽这家私广为善事，就使强奸了嫦娥，和奸了织女，拐了许飞琼，盗了西王母的女儿，也不减我泼天富贵。

西门官人竟也懂得因果报应，却依然说出此等话来，看来他是一个实用主义者，享尽此世的荣华富贵，该报就报吧，不管来世。

虽然是小说，都是敬畏丧失惹的祸。

天地间，你敬人一份，人敬你一份。哪天看着不对了，一定是自己哪儿出了毛病，只是自己不知，或者知道了不认为。

以怨报怨，冤冤相报。

做人不易，活着不易，在不易中活着，需要一场一生的修行。

画兰的阚儿说，她注定一生都修行在一株兰里了。

相看两不厌

少陵塬畔，窑洞边，一座亭子，一壶茶。

煮着青山，煮着大塬，煮着樊川，煮着历史，煮着传说故事。

寥寥几人，互为听众，如此，甚好。

当然，一个人的时候，也煮着我寡寡淡淡的心事。

茶浓了，淡了，就如隐隐的南山，隐了，显了。

一天里，也不同样。一年四季，更是浓淡不一。

浓了浓喝，淡了淡喝。

人不就是在这浓淡干湿中过着日子么。

近来，孔雀开屏似乎少了，吹埙人的埙声似乎也少了。孔雀是观众太少，总是那几个似乎彼此也少了兴趣。连常来的客人也少了观望，孔雀有些落寞。

吹埙人最近工作有点忙，精准扶贫让他也如火如荼。

他不在，我倒自在，只是亭子有点寂寞，这座半塬有点寂寞，樊川在雨里郁郁寡欢。这里的孤魂野鬼也安静地蛰伏着，树精土怪也都安分守己。

他不在，那个念经的小道士也不在，下山念经去了。也许小师父没有了高手对决，也很孤寂，也许回来还会有一场华山论剑，也未可知。

论剑其实也是一种无形的升华，也许会化茧成蝶。

一种困难的降临也许是另一场事情的契机，一种狂欢或许是一场噩梦的伏笔。总之，没有绝对的错，绝对的对。

崔护本是一弱书生，偶遇如花似玉的小桃，得了桃花运，却害的小桃姑娘为他相思而送了性命。崔护仅留下六首诗存世，而因这一首脍炙人口的佳作而青史留名。

小桃和崔护是一个整体，为他生为他死，牺牲了一个小桃，成就了一座樊川。

桃花红了千年，小桃的故事让人遐想了千年。

曾经去天尺五的韦杜家族已鲜有后人在此地，留下的辉煌却历千年而不衰，可见人是有精神的，有魂魄的。何况是那么多名士的魂魄栖聚地，岂能不说明此处人杰地灵。

但也不一定，杜甫在这里呆了11年，写下了大量脍炙人口的诗篇。但是这儿的杜公祠连当地人有许多也不知道，而仅仅呆了四年的成都草堂天下闻名。

少陵塬畔的杜公祠虽然没有成都市内的杜甫草堂熙熙攘攘的人群，却有许多震耳欲聋的名人或者古刹相伴，其实并不孤寂。

樊川八寺之一的牛头寺紧紧依护着它，发动西安事变的杨虎城将军陵园围绕在脚下，塬上面唐天相大师袁天罡李淳风墓庇佑着它，东邻着佛教华严宗祖庭华严寺，再向东和他同一水平线的半塬上还有唯识宗祖庭兴教寺。玄奘法师灵骨塔即在此。另外报业宗师张季鸾、慈善家朱子桥、辛亥革命陕西擎天柱井勿幕都葬于这一线上，何昌期山林、杜佑别业、牛僧孺别业，岑参别业都在此，他不孤寂，杜公祠不孤寂。

我一个人的时候，也不孤寂，何况还有孔雀、鸡鹅们。

南山不寂，樊川不寂，独坐陶然亭，相看两不厌。

人厌了你，一定是你也厌了人。

而山不，塬也不，你厌了它，它依然不厌你。

因为它里面装着很多人的灵魂，很多有思想人的灵魂。

他们加起来的智慧是多大的容量哦。

人厌人，其实是容量不大导致的。

大自然永远不会说你学它，而你一定要师法自然。

学它不说话，至少少说话。

闭了嘴，就成了金口玉言。

一壶茶，相看两不厌。

你若来，我便陪。

不喜不悲，想说话就说话，不说就喝茶。

一切都在茶里了。

开坛

每天世事纷扰，犹如南山或清晰如邻，或云蒸霞蔚，或隐匿不见，或烟雨蒙蒙。

其实，人行于世，每天烦烦恼恼，纷纷扰扰，总觉得时间不够，却又浪费不断。

你也许因讨厌一个人或一件事黯然神伤。其实大可不必。

生命太短暂，来不及讨厌的。你不必和人比较，因为走过的路不尽相同。

我们都是这世间的过客。

修行路上已没有计较的时间。

我拉上你，你拉上我，我们结伴而行。

洞边开坛，犹如湖面扔了一颗石子，泛起了涟漪。

第二颗投入，涟漪不断。

开坛刚两期，许多友人致电询问并想参加。不少人留言，颇具慧识，一如洞见旨义。

无风堂文化曰：

凿洞乃见，心门初开。久之透亮，继之敞亮。随喜赞叹！

锋眼看世界：

邀请之人，名与不名，倒在其次，只要是一家之言，听者能脑洞大开，有所获，尽可以发出英雄帖。

玉亭秋云：

成功的开坛！非常有意义，贴近生活，贴近现实。真实的了解终南山！洞见有见底！

王伟先生语：

洞边之洞开、洞见，有《心经》之禅意。

逍遥婉语：

人一生就是从孩提向年迈的成长，然而心思却是要从所谓的熟练老辣再想重回到稚子的天真。一生的寻觅，你我究竟是要什么？

了凡语：

终南禅音，如隔空结界隔开这尘世繁嚣，现出一片空灵净土，令人陶醉、令人缠绵……

心一居士曰：

洞见是一种认识的能力，是拨开浮云见本来面目的境界，是个别现象与本质之间关系的智慧。透过洞见的力量可以开阔视野，可以超然物外，逍遥自在，可以洞察秋毫，防微杜渐。洞见是人生的大智慧。

百家百言，只要知见独树，我们欢迎您来开坛。

之所以邀请远村成为第二位开坛人，是因他敦厚仁慈，一路在诗画路上且行且歌，颇具个性。

我们在生活的长途上，不仅需要面包，还要有诗歌和远方。

远村先生就是一位把日子过成诗的人。当然，还要耐得住诗就是平常而寂寞的日子。

洞见才两期，假如这两期能让你有所益，也就欣慰了。

霏霏的秋雨没有阻挡得了求知的路，许多人冒雨而来，来了屹立雨中，站成了一种风景。

远村是大家的风景，大家是远村的风景。

雨中的人美丽如画，如画的人让人感动，感动雨中的诗意，感动远方。

下一期邀谁呢，这几日思忖着，也许这位高人这几日会出现，许是邂逅了，顺便就约了来。

在这里，我等着你，你也等着我。

契机一到，非你莫属。

反正让我受益良多，你呢，还约吗？

秋风落叶时分，洞边开坛，不见不散哦。

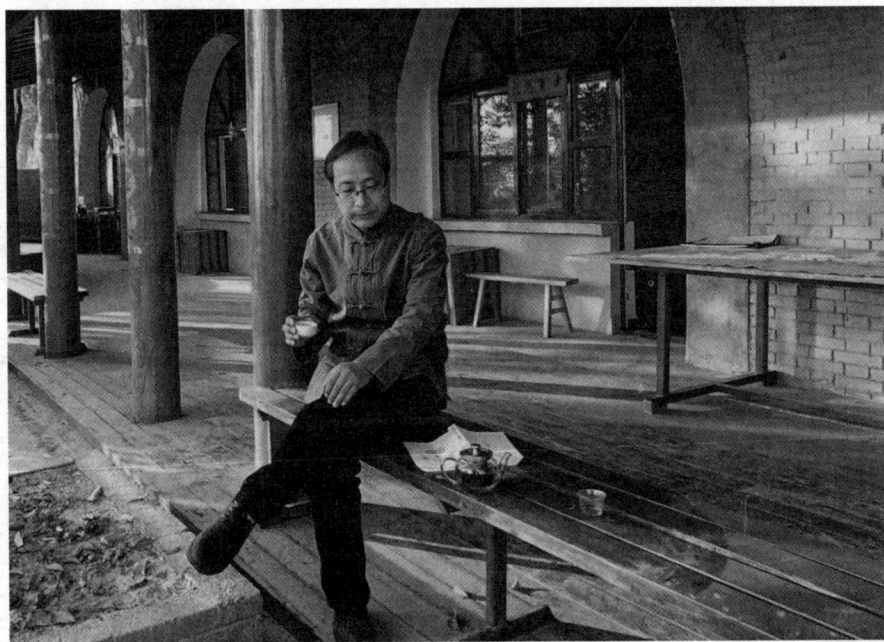

莲花次第开

有人说，你开悟了。

我一笑了之。

岂敢，说开悟者都没开悟。

只是住在洞边，被洞而开，有了缝隙。

洞，只有一门供出入，易沉静思考。

达摩将自己置身洞穴面壁图破壁，破的是身体内部、思想深处的坚壁。

人若能有透过现象看本质的能力，才能成为洞见。这个洞指的是脑洞，通过眼耳鼻舌身的感悟，从而产生意识的改变，才是真的脑洞大开。

进而达到应用于生活中。宋秦观《兵法》云：心不摇于死生之变，气不夺于宠辱利害之交，则四者之胜败自然洞见。

具有此能力，岂非开悟？

一日在洞中闲聊，明心说，如此美景，岂能辜负？何不开坛，邀有智慧之士自拟话题，共同增闻见智。

我说，早有此意，只是形式还在思考。

明心说可大可小不拘泥。

于是想了几个名字，明心说，何不洞见。

我脑子一激灵，好，就叫洞见。

于是拟了几句话，算作开宗明义。

或真知灼见，或一管之言；或新鲜独到，或犀利理性；可以不同，但求不凡；每一次遇见，都是邂逅；每一次邂逅，都是生命的开始；不唯释儒道，但求生命的本真。

春夏秋冬，每周六日，与您相约少陵塬畔，坐望终南诗意樊川，《洞见》开坛，不见不散。

定了时间，然而第一次，请谁呢。况且是义务讲座。名家太名，或不来，或不能第一次就是大名家，此后将自己置于刀尖，非好事。不名者，不足以影响，是否有见乎？这个人须儒释道俱通，想来想去，唯有心一。

心一乃终南山佛教研究会副会长，被人誉为"终南隐士"，犹如这几年被神话的终南山，扑朔迷离。终南山如是，心一也如是。

这事一拍即合，交由明心邀请。

心一居士慨然应允。而且自拟话题，说说终南山那些事儿。

还原一个真实的终南山，还原一个真实的自己。

让我很感兴趣，相信听众也会感兴趣。

最近烦事绕身，陷于昏沉。明心在见性路上行走，日益洒脱，随将事情委托给他。

直到开坛之日，才从世间炼狱拔出，飞身会场，并主持"洞见"开坛第一讲。

洞见，是人生大智慧。

见性路上，我们迈出了第一步。

但愿人人心中莲花次第开。

看山是山

许多事情，不说为好，一说就错。

佛说，不能说，不能说，一说就错。

有时为证此非彼，不得不以错而证。其实，世间事，昨非昨，今非今，今非昨，昨非今，有时今是今，昨是昨，昨是今，今是昨。也有时，错非错，对非对，错是对，对又是错。

其实都逃不了最初看山似山，看水是水；后来看山不是山，看水不是水；再后来，看山还是山，看水还是水的过程。

许多事情无法说出错对。家庭内部矛盾难分孰对孰错，所以大多数人是清官难断家务事，一避了之。

夫妻之间，有情人之间，情无法用尺量用称称，因而不能说，一说就错。

因而许多事，许多伤，唯有时间疗之。

你看终南山从来不语，云卷云舒，纳吐无穷。再深远的寺庙青山遮不住，都有信众涉足。高僧不语，却肃然起敬；高士寡言，惹人侧目。

沉默是金，古人言不虚。

多言伤人，伤神，伤自身；沉默能后发制人；沉默以不变应万变；沉默能包容并蓄。

沉默人往往是最受益者。

一直想寻求心灵的驿站，洞见论坛即是探索。

也许仍是错，还是以错制讹吧。

站在樊川亭，历史的风云犹如南山的云起云落，说在就在，说去就去。

人生选择如青莲一样或长啸纵歌，且乐生前一杯酒，何须身后千载名；也可能选择杜少陵一样，朝扣富儿门，暮随肥马尘。残杯与冷炙，到处潜悲辛。

各人有各人难言之隐，各人有各人经历和人际，不必鄙视和羡慕。

你所经历的，都是你应该承受的，不管是坎坷和顺畅，也不管是苦难和幸福，都是你该承受的。苦难坎坷是因为你的福根资粮不够，业报让你如此。

不是做的事都是对的，只是为了求其次。

洞见开坛了，不妨听听，百人百见，总有对你症的。

有时何如放下，有时何必放下，放下只是心态，就如山中去修行，难道就真的放下了，放下了身，并没有放下心，还是枉然。

不破本参不住山。破本参是什么，就是见性，我们每天都在明心，而实际是日日有牢关，日日见性日日迷，何日是头，我不知，总会有头，也许就到了最后，不想不能放下的也只好放下，由不得你。

人最难放下的是情关，亲情友情爱情，所以佛家把我们叫有情众生。

秋虫唧鸣

一阵风，又一阵狂雨，肆虐着热暴的天气终于勒住了笼头，温顺下来。

晨，鸟虫唧鸣，凉意通过胳膊传到了身体内，说凉就凉，古人把这个日子定为立秋，是那么的神奇而智慧。

少陵塬畔的树叶因为前一阵的热燥，没了灵润，有了这个季节才渐渐泛出的乏败气。

人在这个时候也一如树木，怠倦无力。

一位书法家拿来一幅字，全没了此前的灵动。问我怎么样？我说着言不由衷的赞语，委婉地表达了我的看法。他似乎一句没听明白，自我陶醉着。难道前几天的酷热天气把书法家的润泽书体也晒蔫了，难怪他一个劲地诅咒着天气。

书画市场和书家的这种境况一样，让许多人担忧何日是个头。而我觉得经过酷暑和寒冬之后的市场才是理智的市场。

书画家也会更加成熟，返璞归真才是正道。如笼子里的孔雀，在掌声中尽情的展示之后温顺地伏在一隅，忘却了刚才的繁华。

而写作的人一定要耐得住寂寞，没有掌声的时候，只有秋虫相陪。

曾经喂过的那只猫来了又走了。我应该感谢它，这么长时间我竟然没发现一只老鼠，连老鼠屎也没有看见过，在这黄土塬畔在这树木丛生的野外，在这老鼠横行的天地间，也是奇事。

晒蔫了的藏獒却经雨水一激灵，精神高涨了，叫声底气也丰盈了许多。

这些年蝉似乎少了很多，没有了数年前聒噪的人不能安静的景象。不经意间，大自然似乎少了许多东西。麻雀也觉得大不如以前的泛滥，成群结队的样子。榆树似乎成了稀有物种，也似乎没有了吃榆钱的文章。鹰隼也似乎没有了以前的常见，猫头鹰我已经好多年没看见过了。萤火虫和童谣一样遥远，留在了记忆里。

花大姐却似乎没有少，这美丽的害虫不知为何却逍遥自在。

塬上的村子古冢越来越少，混凝土盒子却像墓碑一样矗立的越来越多，有的貌似要戳破天。

人造的风景要经过经年风雨洗礼才能被人认可。要不自己说得再美也只有遭受戳戳点点。少陵塬上的揽月阁似乎就是这样，不过别说，让我想起了改建后的二龙塔，两个还蛮像的。

少陵塬上的航天城和神禾塬上的常宁新区如出一辙，拿鞭子赶着村子消失。少陵塬上最神奇的南北里王村成了城市一隅，神禾塬上最大的贾里村正在酝酿消失。当然也在创造着另一个奇迹。

想的多了容易睡不着，窗外的灯光如白昼，如今黑白早就不分了，年轻人把黑夜当作白昼，晚上游荡白天睡觉，我不知道道家的师法自然还能不能说服人。

有人说活在当下，且行且歌。

我想且行且珍惜吧。

塬上的开发能不能且行且珍惜，毕竟这座塬的文化底蕴是独一无二的。

一次性挖出郭子仪家族墓几十座，韦氏家族以及晚唐墓数百座，几座几十座的不计其数，如医学世家武敬元、长孙皇后、韦应物等等，我们都交给了混凝土丛林。我们还有多少可以交，我们把文化交给了混凝土，我们把传统交给了混凝土，我们把祖先交给了混凝土，我们灵魂里还有什么不能交。

一位家长架着两三岁的小孩在落日余晖下的塬畔看南山流岚。一边唱着：月亮爷，丈丈高；骑白马，拿匝刀……

孩子有一句没一句跟着唱。

月亮爬了上来，南山随着暮色暗淡了。

城市的那一片却红彤彤一片，又一个如白昼的夜开始了。

一个人的夜长安

有时候，我喜欢一个人散步，尤其在夜色中。

穿过灯红酒绿，拣安静的道沿，看着身旁飞驰而过的汽车，心里有些许愁绪，似乎走一走会卸掉心事似的，心情会在此刻安静下来，转而也轻松了，快乐了。

春天里，建材街两旁的樱花就成了我的花园，夜深的时候，只有我细细的品味着它们，看着这些从骨朵儿一天天变成花团锦簇，芬芳了整个街道，甚至整个夜色，比起青龙寺、比起交大里的樱花，这里此时，成了我的樱园。

也只有在这个时候，我才觉得夜是温馨的，犹如数日不回去看看母亲，我心里总寡寡的，似我被尘事遮蔽的心，听完娘倔强的唠叨就好了些一样。

一些看着美好的事物会在人为中变的复杂起来，我虽然还没有到做减法的年龄，但我宁愿现在就做着。在夜色中反刍，就是一种减法，忘掉那些不美好的，然后抖落灰尘，继续前行。

冬夜里，没有樱花，只有嗖嗖的冷风，那些被现实撑大的心事犹如被应酬撑大的胃一样，成为身体的累赘，而走一走，尤其是踩着尖砺的石子，许多毒素会随着风散去。

夜阑珊，秋风里，我喜欢踩着落叶，一枚枚的落叶，我听着落叶的声音，慢慢走向回家的路。

我也喜欢从繁华的街道慢慢穿行，听着隐隐的不知从哪儿传来的音乐，一个人走着。熟人打招呼时，我恍如梦中，这个时候，就是我最累的时候，别人认为我悠悠闲闲，其实这个时候，我更需要一杯咖啡或者茶，静静地品尝。正山小种的氤氲诱惑着，而我宁愿孤独与此时，夜色的长安街很美，请不要打搅我。

公务员们会在此时享受夜的静谧或者沉浸在灯火阑珊中，而我或者如我般的人每天都是星期天，每天也都是星期一，不想为生计，而偏偏就是为生计忙碌，骨感的现实还不是最担心的，丰满的理想不想让它破碎，才是产生困顿的原因。人因为理想才憋着劲，也因为有着精神追求才丰盈，才会在疲惫时抖落抖落羽毛，会在受伤时舔舔伤口继续前行。有时我感觉，眼蒙眬时，霓虹也就婆娑了，夜色也就氤氲了。

风衣遮不住风，而只有在风中才更有风度；冬夜逃不脱冷，只有内心充盈才不觉得冷。不是一味前行就是正确的，停下来，也是前进。

我喜欢一个人走在夜色中，其实，长安的夜还是很美的。

一位男士抱着一位小女孩从我身边而过。

爸爸，咱们回去这么晚，妈妈不会打我们吧？小女孩的声音。

不会，只要你不说爸爸打麻将了，就不会。爸爸的声音。

老师说撒谎不是好孩子，爸爸是个坏孩子。小女孩笑着说。

爸爸偶尔一次，你不是睡了一觉吗？！回去就说你睡觉了，什么都不知道。爸爸说。

好吧，小女孩嘿嘿笑着说。

我驻足了一会儿，也笑了。这个谎言估计保不住三天。

夜空星星眨巴着眼睛，长安的夜色很迷人，难道是因为这个美丽的谎言吗？

独品斯塬

掩卷，南望，山青青，水悠悠，让劳心事随它去吧。

一壶茶，足矣。

品山，品水，品古，品今，品时下。

品，是一种心境。可遇，当然，也可以自造。

富有富足，穷有穷乐，有时，就是且行且歌或者随时放下随时走的心态而已。

长安真是个好地方，地震来了尤显。

七级地震到了这儿，只是晃了晃；八级地震到了这儿，就摇了摇。

南方百年一遇的大洪水，西安旱的却像马一样。

难怪大地原点会在附近。

窑洞本是陕北的特产，在少陵塬也有。这玩意儿就是好，除过冬暖夏凉外，地震也奈何不了。常宁宫胡宗南为蒋介石修的密洞经过了七八十年的洗礼，依然坚固而深邃。当然这世上再坚固的东西，只要人心散了，就都会消弥。

我们应该庆幸生在地稳少洪的长安。

是一座秦岭将所有的妖魔鬼怪压住了？还是这里佛佑道庇的原因，抑或是樊川的先哲先贤灵气化解了孽因。

或许都有吧。

这座塬知道，因为它是有魂的。

最早的魂当是杜伯，他封邑于杜城，建立杜国，以致临着它东边的塬叫做杜原。汉神爵四年，有11只凤凰栖于此，被汉宣帝赐作凤栖原。尔后这位把文治武功发挥到极致的王在这座塬选择了他的陵寝，叫做杜陵，这座塬也随之被叫做了杜陵原。

而他把他喜欢的臣子早早安排在了这附近，韦贤和他的儿子安排在了杜陵原首最富庶之地，此地也被称作了韦曲。杜延年被安置在樊川中部，此地就成了杜曲。

重臣张安世的墓离他的陵寝仅有数里之遥，而推荐他成为皇帝的千古一相邴吉离他最近。

他的结发妻许平君埋在他饱含深深感情的这座塬的正中心，生不能让你风光，死后让这座塬因你而风华万代。到了隋唐，少陵塬的名字不胫而走，至今依然。

杜氏祖茔就在许后陵旁边，这里长眠了杜如晦、杜佑、杜牧等诸多杜氏族人。

唐玄宗把他最心爱的女人武惠妃埋在了这里；韩滉的父亲韩休埋在了这里；松赞干布宰相的孙子论弓仁埋在了这里；郭子仪的父亲儿子家族都埋在了这里；长孙皇后家族墓在这里；韦应物韦氏家族墓在这里；柳宗元死在了柳州，却迁回来埋在了这里；明藩王十三陵在这里；清代一级侯张勇墓在这里；李淳风、袁天罡的墓也在这里；唐玄奘圆寂在铜川，先埋在白鹿原后迁在了少陵塬，兴教寺三藏塔让多少人前来拜谒；辛亥革命擎天巨柱陕北人井勿幕埋在了这里；国民党元老浙江人朱子桥埋在了这里；大公报创始人陕北人张季鸾埋在了这里；西安事变发动人蒲城人杨虎城从歌乐山迁回埋在了这里……还有诸如此类的名人近千人都埋在了这里，您说这座塬是不是魂魄集结之地。那个被迫自杀以黔首礼葬之的秦二世胡亥也埋在这里，这一切见证了中华民族的历史风云变幻，甚至这里埋着的许多人让历史发生了转折。

所以我说长安是中国的心，少陵塬是长安的魂。有哪一座塬能有如此多的先哲大贤魂魄凝聚于此，这还不算汉丞相朱博、军旅诗人岑参、达官权德舆、诗圣杜甫、唐丞相杜佑、诗人杜牧、宰相牛弘、牛僧孺、宦官鱼承恩等在此居住生活过。

坐望终南，樊川八寺尽收眼底。潏河悠悠，华严、兴教两大祖庭庇佑，钟声悠悠，香火袅袅。

少陵塬，周礼汉魂唐韵明风清骨之地，凝聚华夏民族的精气神之地。在中国，没有一处可以与之比拟，五陵原有王者风范，无哲人气脉。洛阳北邙山陵墓不少于此，王者不能和汉宣帝相提并论，贤者岂有如此巨重。白鹿原因名而名，浑厚大气，文帝堪赞，吕氏牛氏可扬，还是浑厚有余，神韵不足。

这座在历史上被叫做杜原、杜陵原、神禾塬、鸿固原、乐游原、凤栖原、少陵塬的塬，它不光有大贤大德，还是释儒道汇聚之地，杜佑在此写《通典》、玄奘在此译经文、丹阳淳风在此化人，因此说它底蕴厚实，钟灵毓秀，一点不过。

历史打马而去，我们徒有伤悲。

这些先哲先贤的气节在此，多少荡气回肠的故事发生在这里，他们凝聚成了少陵风骨，而且会一直延续。

三千年后，杜伯的杜国早已不在；一千年过去了，杜曲韦曲这些杜氏韦氏的后人已经难觅，而他们的故事伴随着地名一直流传。

一千年，诗人杜甫成了诗圣；小冢变成了少陵，故剑情深的刘询和许平君的爱情故事千古流传，小桃姑娘因崔护而殇让人唏嘘，唐玄宗在杨玉环之前最爱的女人自作孽早夭，也令这座塬因殇而传奇。

张安世家族历八世而不衰，一波三折的韦后，让传奇更离奇。

朱鸿先生说，长安是中国的心。我要说，少陵塬是长安的魂。

魂在，精气神就在；魂在，民族在。

第二辑

我们都活在一个长情的世界里。

众生又名有情，即一切有情识的动物。

情深寿不永，活好当下。

无法回去的村庄

村子成了一片废墟，再也回不到从前了。

没有了故乡，灵魂似乎都在游荡。

一

小时候，天似乎比现在蓝，蓝汪汪的。云那个白，像棉花堆，这样的天，似乎还很多。

冬天经常有雾，面对面都看不见个人儿。

不像现在，天总是灰蒙蒙的，像镜片罩了一层东西，却拭不干净，这就是霾，霾成了灾。有时和雾在一起，形成雾霾。

一条长长窄窄还不太直溜的巷子，每到早饭时分，家家坐在自己的门墩前，清一色的浆水菜或萝卜丝。富些的，糁子熬的稠，贫些的，娃娃多，个个吃得吸溜吸溜的。玉面馍馍加的黑面，做成棒子样，甜甜的，谁家有个白馍，一个准瞅着人家手里，却故意咬上一口自己的，加大力度砸吧着嘴，眼睛还要故意不屑，吃得香香的。

芹菜酸菜都是少见的，白菜居多，地菜也多，有的还加着萝卜片片。地菜里面啥都有，苋菜、麦皮菜、嫩蒿、弯弯勺、繁娄娄最多，那时因为贪玩，临傍晚才失几冒慌，见啥都剜，繁娄娄最多。娘没着，只好凑合，可酸菜就苞谷糁，特别是繁娄娄窝上几天，那才是酸菜的极品，真是人间美味佳肴。如果谁家把绿翠翠的萝卜切成条条，这时，只要我在跟前，娘准给上我一片，脆甜脆甜的。馏熟了，倒些盐醋，最好熟点菜油，那一准又惹人羡了。

男人们喜欢凑堆堆，找个阳光能照到的门口，端着老碗，谝着趣闻，天南海北，彰显着自己见多识广，日子一长，谁是真的博闻，谁是大谝，谁是鹦鹉学舌，谁是瓷锤，一清二楚。

女人们在自家门口陪娃儿吃了头碗，趁着给男人加饭的由头，其实男人一大老碗足够了，自己老汉多大饭量大半辈子了还能不知道。偶尔不够的，把自己端着的半碗有稠底底掺着锅巴的糁子，倒给男人，说，我本来就是加饭呢。趁机娘儿们凑合一起，张家长李家短就叽叽喳喳开了。光秃秃的榆树上一群麻雀也在枝杆上挤窝窝。

基本上该说的都说了，陷入了沉默，不知谁一句，"走，上午还要进城呢。"

另一个说"我还要走个亲戚"，起来拍拍屁股的土，不忘把老碗舔一圈，干净了，就各自散了。

一天两顿，午饭一般在三四点了，四五点的也有。只有个别人家，晚上熬点拌汤，或者馏几个馍馍，喝点开水，就算一顿饭，打个尖，叫喝汤。

我总是被娘从被窝拽出来，半睡半醒中穿好袄子，挂上书包，就出了门。

街上已经熙熙攘攘，三三两两，都往北边的学校去。

拾粪的老侯手插在袖笼里，粪铲铲夹在胳膊肘，见一坨坨热气腾腾的粪堆，一弯腰，胳肢窝一低，粪就进了另一只胳膊挎着的笼笼子里。嘴上的卷烟头一咩一咩冒着火星，都快烧到嘴唇了。

涝池旁的小商店亮着灯，我要是迟到了，一准能碰上鹏鹏他爷，他爷打上一两酒，在柜台前站一会，三口，就完事了。摸一把嘴巴，带上自己的棉毡帽，出了门，向南走了。

兵骑他爷不知从哪摸出一枚鸡蛋，用硬东西轻轻扎一窟窿，不能破，搁在嘴边一吸溜，就完了，把鸡蛋壳壳朝涝池一撒，不急不缓去了。

学校西南墙角外是配电室，门朝内开着，我很少去那里，总觉得那里很神秘。似乎全村的电灯灭了亮了都是这儿的事。

学校门口的大商店还没有开门，有的人已经等在了门口，商店是集体的，八点半才会开。

后来，大商店被承包了，偶尔也看见我曾经的班主任在柜台里卖货。班主任韩老师是一位长得很美的女人，修长的个子，留着丛管头，五官恰到好处的镶嵌在瓜子脸上，从来都是很干净得体的衣服刚刚合适的裹在她身上。

大戏楼早就不唱戏了，偶尔开个运动会还利用一下。大厅成了幼儿班的教室，角上是老师的办公室兼卧室，好像教导主任也在那里办公吧。

教室很阴暗，夏秋天还常常漏雨，竟然在孩子们上课的时候还掉下来互相打架缠斗一起的两条蛇。吓得老师和同学哇哇大叫着跑出来。

房檐下麻雀窝多得数不清，常常一股脑飞出一群。雷雨里总是死一层，庙周围尤多。

学校小院中间那棵大人一抱粗的绵白杨一夜间不知去了哪儿，总觉得空落落的。后来连大庙也拆了，一抱粗的大檩、厚实的大青砖只能在模糊的记忆里寻找。

学校有个后门，后门外是五队和三队的庄稼地，校长不允许学生到后头去，越是不许去，越是好奇。一天，趁着数学老师让我给校长送水杯的当口，校长房间挨着后门，校长没在，我将杯子放在了他的桌子上，出来发现后门只是虚掩着，我拉开门，才知道后面有一土平台，长着几棵胳膊粗的树，中间有一辘轳井，井口半边盖着石板，土台下麦浪滚滚，一眼望不到头。

二

春天来了，鸭子在村东头的涝池里自由地游着，小孩们在另一边打着水漂，吓得鸭子颠着屁股跑上了岸。四队的老椿树散发出特别的香味，树很高，都说这株老树的叶子和鸡蛋炒着吃很香，可很少有人够得着。一枝死杈上挂着一盏铜铃，拴着长绳，每天上工下工就会传来当当脆亮的响声。傻瓜仁站在树下，拖着鼻涕抹着眼屎傻傻地站着，冲人就笑，笑得怕人。见小孩爬树就睁着铜铃般的大眼嗷嗷地喊。那时人们吓小孩就说，看瓜仁来了，小孩就止了哭，很灵的，生怕傻瓜仁来了。

毛婆婆常坐在家门口的梧桐树下，夏日的微风吹得她老人家的白发有些乱，见我玩耍或经过老远就喊，峰娃子。我便哎应一声，乖乖地坐在婆婆的身旁听她讲故事，讲的故事现在一个都不记得了，可毛婆婆的影像至今还留在脑海里。隔着几家有个鲁爷，鲁爷打铁出身，粗门大嗓，我很害怕，总是绕着他跑过去。

红麻地里，捉几只青蛙，扒了皮，留得只剩下大腿，拿些盐巴，放在铝盆盆里煮，火着不了，烟熏得人眼睛睁不开，好不容易着了，还没煮熟就被抢光了，这会儿都不知道是啥味了！如今再让我做这样的事，打死都不干了，不知我如今念的往生咒还管不管用。

大人们将剥了的麻皮在涝池里洗后晒干才能拉去卖。小伙伴们便时常在发臭发绿的池水里捞麻皮，挂在棉枝上晒干，卖上一角两角便会乐好几天。

秋天，蜂屎岭的老柿树结满了柿子。柿叶已光，只剩下红的火一样的柿子挂满枝头。可胆小，尽管知道柿子好吃，可蜂屎岭挨着一片坟地，那里传说着许许多多的鬼的故事。据说闹回回时村里死了好多人都埋在了那里。天一过午，便很少有人走那条路了，连大人都如此，孩子们更是怕得紧，有胆大的带着去摘柿子，心里噔噔的，然而回来吃着甜甜的柿子，才觉得英雄了一回值。

蜂屎岭侧面有一段残留的老城墙，城墙的夯土层里的瓦片都带着花纹，便时常拣着掏着比谁的瓦渣片好看。据说先前城墙里住的是富人，是地主。城墙将贫人富人分了开来。陈姓地主不许张姓长工住在一起，因而城里城外有一段距离，分开了东西两堡。后来杨姓人迁徙至此，住在了两堡之间，把东西两堡连在了一起。虽然也是雇工，可待遇略好于贫穷的张姓人。杨姓人逐渐繁衍多了，和其他几姓逐渐形成了现在的围墙巷。

冬天的雪地里，大队的饲养室后面有一片空地，白茫茫一片，麻雀在上面跳来跳去，拿来簸箕，用一棍子撑着，套上一根很长的绳子，撒一把玉米粒，等麻雀进入其中，开始觅食，便猛一拉，簸箕扣住了麻雀，一下午能逮好几只呢。

队上打井便是过节的日子。

几十甚至是几百人忙活，吃的是大锅饭，架几只特大铁锅，菜切了一筐又一筐，中午一准是尖尖汤面。那场景壮观又热闹。晚上是猪肉白菜炖粉条就蒸馍。这几日的馍馍都是磨面留的精粉，馍雪白雪白的。间或杀上一头牛或者骡子，晚上的碗里就多了内容。而且打完井，家家还要分上一筷子。我便时常在挂肉的笼笼旁打转转，趁爸妈不注意，扣上一小块忙塞到嘴里。

围墙巷的杨老七夹了个热腾腾的肉片蒸馍，没舍得吃，送到教室给儿子，儿子怕笑话，不要，老师发话了才接了放在书桌兜里，同学笑着却都咽着口水，下课看着杨老七的儿子吃得香香的样子，回家了都嚷着父母要吃肉夹白馍。

那时吃得都很差。我没吃过油渣饼，可吃过窝窝头，玉面发黄，甜甜的，并不好吃。哪像现在人吃惯了大鱼大肉，偶尔吃一回这东西，还蛮好吃呢。

冬天家家都要煮着红薯。娘便在我的纽扣上绑一细线线，要吃用细线线割上一片，还能和别的同学比比谁的红薯面酥甜，便用自家的线线割上人家的一片片，吃了尽管人家的好吃，还不服气地说自家的好。

那年月，人们吃得多拉得多，穿的都是红蓝白绿，可精神却处于亢奋之中。每天有使不完的劲，唠不完的家常。

三

冢疙瘩在村子与东村的交界上。

至于埋的谁，不知道。老人说埋的是皇上的第九个女儿，哪个皇上，哪个女儿，说的准吗，你说是就是，我提个笼笼走了，剜草去。

剜草是最喜欢的事。提个笼笼拿个铲铲，三五个伙伴，说走就走。

冢疙瘩是个荒滩滩，瓦渣片多，草稠，马鞭草最多，一会儿能弄一大笼，可刺戟草也多，一不小心就扎了手。扎就扎了，搁嘴上一吸，再揪点刺戟叶叶，揉出水水，一抹，就止血了，也不疼咧，可灵验咧。太阳毒，便编个草帽圈圈，头上一戴，蛮顶事的。找个树荫荫，挖个洞洞，里面放上一把草，拥土覆上，插个铲铲，脱下各人脚上的鞋，看谁能把铲铲打倒，打倒了就赢了洞洞里的那把草。光顾玩，眼看天黑，草输了个精光，赶紧剜。赢了的坐在土疙瘩上冲你嘿嘿笑，得意死了。这会儿也顾不得扎不扎手，其他人还在一个劲催，这时候，不管好赖，一股脑收拾进去，多半笼笼，再蓬松蓬松，看看差不多，急火火往回跑。离村口老远就听见娘的喊声，便大声应，回来咧——

娘说弄了一后晌就弄了那么点，弄不下也回来早点，听见了么。听见咧，我噘着个嘴，娘打着我身上的土。

由于是俩村界畔上，所以邻村孩子也来玩，我们便互扔瓦片片，玩打仗，有时打着了，便听见哭声，还有说叫大人去，我们就一哄而散。

冢疙瘩旁有一片坟地，娘说，晌午没人不要去那里，那里有偷娃的，还有狼呢鬼呢。不远处有一片甜秫杆地，我们就时常在旁边打转转，见没人，就折上一根赶紧跑。狼呢鬼呢我没见，但甜秫杆很甜，我知道。年少无知，不觉得怕，坟地多刺猬，我们常去逮，特别是蒿草里，但也有蛇，我最怕了，一不小心就踩着了，吓得我大喊，胆大的却用树棍棍挑起扔在大路上。我们还常常躲在坟地里烧嫩包谷棒子吃，坟地瓦当片很多，大人捡来大些的以备香火用，我们便把棒子还有红苕架在瓦上烧，还未熟透，就抢完了。

上了初中后，便少去了那里，那片地方逐渐被平整了，冢疙瘩也愈来愈小。平整了的土地被分到了各家各户，为了整地，从地里整车拉出瓦当片片，还有完整的，都扔了，多年后才知道，那都是有价值的东西。

上高中的一年暑假里，着意爬了一次冢疙瘩，这久违的地方，如今已缩小到了几分地大的规模，北眺咸阳塬，南望终南山，终南隐隐，烟霭缭绕。如今这个台冢东西长约五十米，南北宽三十米，高七八米，夯土一层一层的，每层厚七八厘米，不及儿时的三分之一，而且不远处的高楼不足一公里，开发日益逼近，真担心着它此后的命运。

冢疙瘩的建筑布局是错落有致的高台遗迹，与咸阳宫的建筑属于同一类型，是典型的春秋战国的宫室建筑形式。在冢疙瘩的西边百米的地方发现了大量的烧土、绳纹的瓦片，陶水管等。据专家考证，这里是三秦之一的"雍王"章邯的都城——"废丘"。

秦国的创立者秦非子在此养过马，后来项羽为制约刘邦，划三秦以制，通过发掘，原来传谬的章邯宫废丘在兴平是不对的，村东的遗址是目前在渭河以南发现最大的秦建筑遗址。

挖出了秦遗址，村子的安置楼工程停了，人们的期盼又要延迟，可这种延迟里透着一种自豪。

工程停了，升腾起的儿时的记忆却更强烈了。

四

北村的东北角有一条浅浅的沟渠，沟渠上有一座石桥，这条渠竟然是白马河遗址，我还是前多年才知道的。

我从没有见里面有水，后来竟然被慢慢瓜分成农田，不仔细看，几乎看不见河渠迹象。

皇粮地原来是荒凉薄地，据说有黄狼出没，小孩们如果哭闹不听话，大人就会低着声音说，黄狼来了，孩子们也不知黄狼是啥，似乎张着血盆大口，就止了声。经过先人经年的耕耘，变成了丰产的良地。

村上让各队都留出两亩地来，经过互换，给大队预留了三十亩地大的园子，就成了试验站，专门培育良种，成立的时候，还在里面放过电影呢，记得好像是《闪闪的红星》，站里不大的院落挤满了人，我们是坐在银幕的反面看的。那是个夏天，天上繁星闪烁。

通往西张村的路有两条，一条宽些，也仅仅能过双排的架子车，一下雨，深深的车辙坑坑洼洼，泥泞难行。却是去钓台集上和到咸阳城的必经之地，过一回，就像过了一回草地。

从村子的西北角八九队地还有一条便道，那条路走的是两条直角边，这一条是斜边，抄近道，近些。

但是一到七八月，满地的苞谷，越是晌午端，越是人恓惶，尤其是女人，须结伴才敢行。不知天高地厚的孩子们，却正好一路钻出钻进，早把父母的叮咛忘到了云端。

北村最长的街道总出事儿，死了几个精壮劳力，特别是八九队西头，好端端的一个家，就莫名得了急症，没几日，人就去了。

老人说，不吉利。有人怀疑街道斜对着资村一片坟地，还有人说，那就铲了它。

有懂点地说，还是赶紧请一位风水先生吧。先生说，这条街太长，东头短，西头长，中村围墙巷挤在中间一疙瘩，南北村中间没接着，压不住，这一头翘着，镇不住。有人就眼巴巴地说，赶紧想办法么。

最后就修了一座五六米高的砖塔，还别说，自有了塔后，出事还真的少了。

城墙西后跟住了一位婆婆，母亲带我去过，他们说着话，我就在外面玩，外面都是野地，侧面的树林茂密，野猫窜来窜去。婆婆家的小黄狗和我一起玩，我拾来树上落的青柿子扔出去，小黄狗飞快地跑出去又叼了回来，直到被我扔得稀烂。后来我和几个小伙伴每回到这边玩时，就到婆婆家，婆婆就拿出麻饼或者麻花给我吃，后来不知不觉婆婆就没了，我就再没有去了。

五

当土炕又热的时候，我知道天亮了，母亲又给炕洞里煨好柴火，去厨房做早饭去了。

听窗外传来声音，后半夜雪大很。父亲说，就是的，早上起来足有一尺。

我用舌尖舔透雪白的窗户纸，那是被我舔透了许多小窟窿后娘昨晚刚刚糊的新纸。透过洞口，我看见雪很厚，父亲正扫出一条小径。

当娘把包谷糁和酸菜端到炕沿上时，我才不情愿地爬起来，半天不愿意将胳膊伸进袖筒里，在娘的催促和帮助下才穿好衣服，娘拿来热腾腾的湿毛巾擦完我的手脸。一眼就瞅见窗户的小窟窿，用手指戳我的额头，数落我，说多少遍你能记住，再看见你舔窟窿就不给你吃。

吃完饭，我就去滚雪球，滚成一个比我还大的，几个小伙伴跑来一起滚直到真滚不动了。又在旁边垒雪人，看我们把雪人的鼻子弄得难看，路过的大人帮我们添眼睛捏鼻子。隔壁那个鼻涕女子戴着红毛线手套在雪地分外扎眼，叫她一起玩，她只是笑，并不动弹。如今这个女子的孙子也如她当年那么大了。

这几年似乎就看不见大雪了，偶尔落上一层也浮不住多大一会儿。今年在数九的第二天才总算看见飘雪了。飘雪了，真好。可是这么薄的雪垒不成雪人，似乎即使大点，也看不见有几个人垒了，似乎童年已不再是那个年代里的童年，再也找不回童年的味道了。

要看大雪只能开车去山里看了，在外面是人看雪，看见这么大点雪就兴奋，手机拍个不停。进了山，就成了雪看人，你孤零零的身影就成了风景。你只能想象童年，却没有了垒雪人的兴趣。

这些年在城里我越来越孤零，想踩着雪咯吱的声音，想支一个筛子扣麻雀，还想打雪仗，吃冰凌子，找不见了，我不禁怅然。

童年的雪，你在哪里？

现在的雪来的快，消得也快。还不及好好欣赏，就没有了。

今年飘雪的时候，我专门去踏雪。由于多少年没有好好在雪里受锻炼，风嗖嗖直钻脖颈，加之照相机临时没电，竟这样而回了。想着第二日再来，谁知第二天出来时，太阳也出来了。雪早没有了昨日的雄浑和壮丽。

就这样与今年的雪擦肩而过。

期盼着正月年里会再有一场，然而年渐行渐远，雪没有了影子。

我只有期盼来年，来年雪厚的时候，我要舒舒服服在雪地里打滚儿。

六

人为何会眷恋老家，我想，是因为那里有很多回忆，回忆里有自己快乐的童年，有疼爱自己的白发的爷爷奶奶，有如山的父母亲恩。

也许如今这些只剩下了一堆黄土茔冢，可这份牵挂，却永永远远。如今，村里的公坟在高楼的基建中等待，还不知魂落何处。

菜籽花一片片抹黄，已然是春意盎然了，外面的景色是如此的美好，而我整天窝蜷在屋里电脑前，仿佛远离尘世，身子也在远离健康，清明这个节日召唤着，出去踏踏青，呼吸一下新鲜空气，放飞一下自己。

天堂虽好，却都不愿早早去报到，这些先人在冥冥中深深理解着，也护佑着你。

开得最灿的是那桃花，红的粉的，身体被暖洋洋照着，心情也暖洋洋的。

暖和，便生慵懒，有气无力，只剩欣赏。虽如此，眼睛却也不愿辜负这美景，竭力附和。

沿着小路，路两边青青的麦苗，拐上田埂，埂沿的荠菜颗颗脆嫩，成对的蝴蝶在前面引路，胳肢窝夹着纸钱，一支香烟烟袅袅，却满是乡愁，说不清道不明。

坟头上已偶见压着的黄纸，有些人比我还早。哥哥用锹给坟头垄垄土，拔拔坟头周边荒草，我在碑前画个圈圈，圈圈留上一处开口，开口向着坟一边，在我小时候娘就这样叮嘱，说这样才会让亲人拿到烧了的钱。儿子不懂问我，我如是说给他。

点上纸钱，议咐几句，叩三首，看着燃罢的纸灰飞上天。

　　如此简单的行为，千百年来祖祖辈辈子子孙孙为之，这是一份永恒的美德，表示先人血脉的延传，不可磨灭。有人为此跨千山万水，有人在异乡的高处怅望，有人就要叶落归故里。

　　家乡是每个游子的永远的牵念。

　　听说明天天要变，清明是个易落雨的时节，这是老天的眷念，苍天也因此而动容。

　　想起父亲，记忆清晰又模糊，少不更事的我过早的成熟，其实，我不想长大。

　　在故乡，我永远只想做个孩子。

　　回来的路上，天就悠悠地变了。

　　雨一丝一丝，在斜风的夹裹下竟淅沥沥了。

　　雨里，田野清清新新。

　　泪涤荡着人心灵，情才更真。雨涤荡着这世界，大地才更美丽。

七

　　村子在岁月中老去了。

　　老树、老庙、涝池、城墙，还有锄头铁耙和风箱架子车，都成了记忆，失去的是村子，遗失的是乡愁。看着周边的村子也一天天减少，我心里总是失落落的，总像是丢了点啥，也总想找回来，可我不知道，望着这些逐渐耸立的高楼，某一天，我领着我的孙儿，给他说这儿曾是涝池，这儿是蜂屎岭，他会相信我吗？他会想什么，我不知道，也许，只有在星星点点的文字里寻找吧。

  章邯的废丘宫城被刨了出来，我不知道下来会怎么做，我只是憧憬着，那个被命名为新沣和园的未来社区，还只是一张蓝图，我和我的子孙的梦就在那里。

  风儿轻轻，燕子衔泥在筑新巢，和着轻舞的柳条，就带上我的祝福吧。

晒情

这段文字已经数年了，如今有人已不在世间了，再读，还有潸然的感觉。

饭后或茶余，听明心先生一首埙曲，已是常事。

然而，昨晚饭后明心先生吹奏前的一席话，却令在座者不禁唏嘘一片。

明心先生说，今日本心境不佳，因老父得的是尿毒症，靠透析生存，而对此也习以为常。可老父得了白内障，携父到医院问病时，医生告诉身体至此状况不能手术了。老父虽无语，可露出的神色几近绝望，让他伤心不已。虽此前已料会如此，但从此父亲左眼失明将成定局，直到最后。自己虽在村人眼中存孝名，但此时百身莫赎，岂不悲哉！

说完此番话，明心先生吹奏一曲《沉香泪》，委婉凄叹，一波三折，荡气回肠，极尽悲怨色彩，在座者有人潸然泪下。曲罢落座。在座的金安先生说他的老父亲近八十得了疝气，可老父就是不去做，老父说死也死在自家屋里，他劝说总算做了，回家时他要背父亲，父亲不让，他说，爸呀，小时候你背我，现在该是我背你的时候了，我背您回家。几位姐姐顿时哭作一团。

金安先生之言让人感伤，感动。

张总也说你们还有父亲可以长吁短嘘，我已没有父亲可供叹息。

张总对老父从在世到身后的孝道大家皆知。老父在世时也逛过好山好水，也吃过山珍海味，一生受过大苦大难，德望乡誉极高，寿七十有五，过三年之壮观，在他的家乡庆镇轰动一时。

有此儿，老人可瞑目。

我默默坐着，心中凄楚万分。

众人还在议论，话题沉重。我说换个话题吧。还有人沉浸其里，不远远离此话头。我说，咱不说这个话题了，你们尚有父亲可以说道，可以孝敬。我今年已愈不惑，然父亲离开已三十年了，想起幼时的欢乐，想起这些年没有父爱的艰辛，也无从谈起孝敬，我只能对天长叹。

众人默然，片刻言转话题，继而轻松起来。

人孰能无情，尤其亲情，往往掩饰，藏着，提起也屡屡沉重，因而，埋于心底，轻易不曝光。

明心先生让大家曝光了隐于心底的亲情，也是好事。隐得久了，难免要伤体，晒晒也有益处。

席间，几欲弹泪，男儿有泪不轻弹，只是未到深情处，只要乃性情中人，俱使然也。

感谢明心先生。如今明心的父亲已去了三年，金安也去了一年多了，世事无常。

翻起这段记忆，常常想起那些动情场面，眼就湿了。

然，我还是坚持，不轻言亲情。偶尔翻晒可以，还是埋在心底好些。

因为芸芸众生中，幸福略同多，不幸则各有各的不幸。

只是祝愿活着的幸福，去了的安息！

112

乍暖

刚过初五，就觉得年气咋要完了的样子。许多公务员早早做好了上班的思想准备。

空气里的青草的味道和泥土的清香在这个季节自然就弥漫着。乍暖还寒，早上还有些冷，中午却晒得人想打瞌睡呢，害的人光想囫囵个觉。表面年尽了，心里还早的感觉。

初五晚上的一场雪，解霏了今年冬季里少雪的郁闷，我的心情因许多事未决而捂得发了霉，而在年关将尽的时候却春意盎然了。

那年乍暖时分，女诗人云暖的春来的更早，已然穿上了丝袜，短裙。砼工轻轻拽起她膝盖上的丝袜，说，还真的啥都没有，底下就是肉，看来女人真是图了风度没了温度。

今年云暖依旧晒着她在泸沽湖边的作品，让人羡慕那边早春的景致了。她这几年同泸沽湖有了爱情，活得越来越有滋有味了。

去年的砼工沉醉在海南椰子的风情里，即使在过年这个时分。

他的情人俨然就是那些秀山丽水。今年却有些懊恼和郁闷，家里的一些事缠绕着他，让他外出不能那么爽利，青山绿水深情地注视着他，而他却犹豫起来。

那年的诗人柳江子，就是在韦曲村子小巷里开推拿馆的诗人，迟迟不愿回去，生怕耽误了每一个病人。酒香不怕巷子深，他的诗稿和名气一天天见长沓高，今年却因母亲身体的原因早早回了老家，有一些无奈，却也有了一些欣慰和从容，回家的路总是温暖的。一个火炉，在渭北一座寂寞的村庄，尽管风呼呼的，他从容不迫地照顾着老娘，温暖如春。

那年我把一张稿费揣了好久，在即将作废的时候才取了回来，取出来就得请客。这帮哥儿们，你看个病回来他都说是修理固定资产，花了几倍稿费钱，图的就是个热闹。这几年没有了投稿的欲望，却到处欠着文债，写点文字已经不是名利所诱惑得了的事，只剩下内心残留的梦，不醒，不愿醒。或者只想写点触摸灵魂的小文字也罢，懒散而明白地活着。

那年秦石的埙曲在整个冬天都在呜咽，刚到春天，却婉丽起来。他人也欢实得像个小马驹，从城南跑到城北，从城外跑到城里，马不停蹄。而如今从秦石到明心的过渡，让少陵塬畔终南埙舍多了一份逸致，他就在窑洞里明心见性。

那年的王作家说，他就爱看春天女人花枝招展的模样。他爱春天，更爱夏天，夏天里有女人白白的胳膊和大腿。那代表着一种洋溢，一种生命的泛动。他对女人的理解远比生活来得深刻。七八年过去了，他的诗歌里少了女人，多的是时弊，他对社会的透彻表达如同那些年他对女人的深刻一样，一针见血。

记得那年女诗人英子，说她要参加青华山采风，第一次怯怯地站在人面前，说她不认识一个人，如今认识她的比她认识的还多，她的诗文被人称道。

吕才子的思考走在了文字的前面，总能说出些行行道道，不像现在

114

许多人迈开了金钱的大步，却把灵魂抛到了身后。

一位对诗歌有着向往的年轻打工者小李，一年前拿着几首自己的杰作，让我用大斧劈得七零八碎，然后推荐了柳江子作为她的老师，经过多半年的淬炼，竟然让人刮目相看。

我和宏老师笑着对柳江子说，长江后浪推前浪，你怕不怕有可能把师父推到沙滩上。柳江子嘿嘿一笑，不怕，不怕。

作家朱先生却在年里宴请一些七零八零九零后，他没有一一介绍，只说秦岭无闲草。任他们年轻而老道地介绍自己和设想他们即将的出品，俨然是一次思想火花的自由碰撞，没有礼制的约束，让一顿饭也年轻起来。

一些人去了天津，逛了逛航母；一些人到了北京，看了看鸟巢；一些人到了东北那旮旯儿子，领略了一番杨子荣在威虎山的风采；一些人却到了重庆，慨叹人多如马，重庆年，也中国，不比西安的拥挤差；还有人飞去了三亚，泡在海水里，不想诗歌和散文，此时天涯海角就是心情的夏。

那年柳枝泛绿的时候，燕子也过来让枝条为它梳头，我们无拘无束，像恣意舒展的麦皮话。桃花红的时候，我们吟诗歌赋，欢快的如小峪河的水。

今年，一同吟诵的那些人还有多少，有些人散了，有些人又聚了，聚散两依依，我们老了不少，诗歌却从没有老。

少陵塬畔，杜牧去了一千多年，我们依然念着"南朝四百八十寺，多少楼台烟雨中"，在蒙蒙细雨中，寻找心中诗意的耶利亚女郎。

初七到了，一些人在茫茫公文中，又开始了一年的修行。

抑或是血脉

　　人有段时间就会有迷茫，各种各样的，有时，不仅仅是因工作、金钱的原因。

　　不知道为什么，真的。

　　有阵子心里还时常悲哀。

　　悲哀什么呢？又说不得很明确，只是觉得有一种无形的东西重压着。

　　仿佛几百年前曾有过那么一个自己，将又是上几百年前的一些沉重思想如今一股脑全部给了现在这个活生生的自己。

　　这个包袱望不见，却又很沉很沉，望着它便有许多车轮马蹄叫喊声刀剑声从自己脑海中践踏过，这时便常常会有一个感觉，自己前世抑或是几百年前或上几百年前曾是一位作家呢，不，是一位诗人呢，而且是一个忧国忧民的诗人，间或还曾受过感情方面国破山河在的挫伤，只是常出没于风月场中或者游荡在古迹风物中并且写过几首忧伤艳丽的或者壮志酬筹的诗句的人。

于此时便常常想现在的自己也是一位诗人，也许会成为诗人，便很感激那时的自己还留下了这许多多情而忧伤的婉约夹杂着豪迈的思想让自己传承。

然而丰富繁杂的只是一些思想，却没有留下真正的成片累牍畅丽的词汇，便懊恼那时自己，只是整日光知道伤感啊伤感或只是与一个歌姬心不在焉地调情呀调情呀却不谙不究世事是如何变迁的，空留下现在的自己在林林总总的海中学扎猛子，商海、情海、却是最终被心海湮没了。

自己便哀怨前世的自己为什么留下这么一个顽固不冥的思想而且经过地下埋了这么多年并且经过犁耕出来又被风吹过雨淋过连骨头也找不见的东西竟如此固彻地给了如今的自己继承。

自己听见自己的血在自己体内汩汩地流着，仿佛是那溪水流给了小河，流给大河，流入江里又流入海里又被蒸发成云成雨又落下来，从而周而复始地流着。

这是上世的自己的血么，这抑或就是血脉！这时才似乎懂得了那老孙家羊肉泡几百年没换过的一锅汤，那出出进进抹了一把油嘴香喷喷咋舌的样子其实都是喝过那锅里第一碗汤的子孙呀！那些都是世世代代生长在这黄土地深受这块土地的熏陶深受秦人汉人唐人的教化的子子孙孙呀。黄土地赋予了他们黄土秉直的性格，这是谁也无法改变的。

孤寂落寞的浪荡在这块土地的上面，却羞于看见那已深埋于地下而如今被掘开的祖先的坟茔。

房子里暖暖和和，思想此刻却冷冰冷冰的，只有从窗子僵硬地透过些白白的光，电视里演绎着距离现实太遥远太奇葩的剧目。

杯子里的茶水热了又冷了，只有手中的关于家乡史迹的书停留在一半处，还渴望般地候在那里。此时思想是唯一汩汩流动着从而带动血也汩汩地淌。

　　窗格外那盆儿几欲扔掉的干枯的文竹，不知几时倔强地伸出一丝绿意，一枝嫩绿的新枝努力的攀缘，连纤细的文竹也不甘于此，不禁有些惊诧生命的奇特，何况于人呢？

　　热爱故乡吧，故乡是生命的源泉，不仅是我，给所有的人……

掬水月在手

夜游昆明池，灯光摇曳，波光粼粼，鹊桥在水中形成一个大月亮，映在水中，让人无限遐思。

快近中秋了，天气薄凉。

那年的中秋，我是在异地过的。

我从一个城市辗转到另一个城市的时候，已是傍晚了。

街上搞摸吃了些，又胡乱住了家旅馆，实在是累得不行了。一到房间，拉上窗帘，就躺在床上看电视，虽然很累，却并不能寐。

电视里已然热闹起来，地方台播着中秋晚会，虽然今天尚只是八月十四夜。

现在的晚会很是寡味，俨然糟蹋着观众的智商。我却无奈着，屋子的白墙和白色的床单清清冷冷，我只能寡寡地看着电视。突然电视机和灯灭了，我躺着没动弹。走廊传来脚步声和喊声，服务员，咋停电了？服务员答，都停了，这一区域，不知什么原因。

嘟囔声和脚步声渐渐散去。我试图睡着，可近来老是失眠，侧过来转过去就是不能，索性下了床，想洗把惺忪疲惫的脸。

阳台改造的卫生间，我拉开窗帘，竟然一轮明月挂在窗外的树梢上，月光，像一匹银色的柔纱，从窗口垂落下来，地面上像镀了银。

我顿时心情就爽了起来，原来今夜的月色竟然这么美。而我还在床上惆怅，辜负了这样曼妙的月光。

我想打开龙头，洗把脸，让自己清醒一下，好好品尝此时的月色，可是水也没有了，想必停了电连水也停了吧。虽然有些扫兴，可面对如此皎洁的月光，我还有什么可怨的。水龙头里居然还有一滴一滴的水在滴答，我用手聚拢一起，接了好大工夫，才掬满一拢，正想撩向脸颊，却发现月光明晃晃地就映在我的手里，天上一轮，手上一轮，此时我的心里骤然又升起一轮，天上月在手，手上月在心，心里月飞到了家乡。

此时若在家乡，我当和一些朋友把酒推盏，月下吟和，其乐融融。或是吃着月饼，躺在松软的沙发上，酌一杯酽茶，何等惬意。或者当有一曲《云水禅心》飘在耳畔，浴着月光共缠绵。

然而此时，什么也没有，我还要什么呢，有如此氤氲的月色，有水可掬，有月盈手，机缘难觅，夫复何求！

古时月，今时月，家乡月，此地月，天上手心，俱在心头。

春山多胜事，赏玩夜忘归。

掬水月在手，弄花香满衣。

兴来无远近，欲去惜芳菲。

南望鸣钟处，楼台深翠微。

唐时诗人于良史《春山夜月》绝句顿然跃上脑海，虽然现在没有花可弄，可古人的花香却依然闻得见。

此间我的思绪就飞到了月宫，看嫦娥仙子舒广袖，帮憨痴的吴刚砍桂树，听白兔在一旁捣药的咚咚声。

水渐渐的从我的指缝溜走了，一掬尚在，滴水无存，思绪飘飞，余香犹在。

我知道，水终究要流失，何况此时水龙头连滴水也不可再得，可是手中无月，怎碍我心中有月。

我躺在床上，月光映在对面床上，逐渐西移，又映在我的床上，我的脸沐着皎月，无限暖意醉心间。

我在暖意中迷糊了，醒来时月亮看不见了，月辉依然。虽然手上没有了，床上也没有了，只要心里有，月色漫无边。

我感谢这一夜的停电，让我欣赏了如此美妙的月光；我也感谢今夜的月光，让我在此后许多心生困惑烦恼或者失望寂寞之时，就想起这个朗然的夜，和朗然的月光，一种温暖就升腾起来，又产生了许多力量，辉映我前行的路。

那夜，月如水，我是在异乡度过的。若干年后，我还记得这个中秋的前夜，掬水在手，朗月心头。

那个后半夜，我的梦很灿烂。

第二天，我在超市买了一块月饼，一个苹果，一个石榴，虽然清贫，却很愉悦。

我知道，十五夜的月亮更圆。纵然一个人，也要有滋味。

快中秋了，昆明池的月儿一定很美，沣东沣西也变得越来越不认识了，如幻如梦，恍若隔世。

在十五是夜，让我们同掬一掬水，同祝福天下异乡人，共一轮圆月，温暖异乡路。

拾粪

一般情况下，我早上六点就醒了，然后看看手机，看看新闻，浏览一番微信圈，一大早就晃荡过去了。回过头，觉得啥都没干，真成了典型的"起来早不拾粪"。小时候，特别是冬天，我每天无论多早，在上学的路上，都能碰见村里的一位老人，一只胳膊挎着个荆条笼笼，另一只胳膊夹个一米长的铲铲，两手塞在袖笼里，头上戴着一顶兔耳朵帽子，口里哈着热气，或者叼着一支自己卷的纸烟，扑闪扑闪，看见一堆牛粪，喜盈盈的，迅速铲进笼笼，继续手插在袖筒前行。遇见人，一声招呼：起来早！早，拾粪呢？嗯，啊！

那年代，都可怜，拾粪当化肥用。不过那也是极少人才那样做，如今成了这年月的笑料。可想着每天早早起来的大爷，我却什么也没干，虽然起来早早的，可不是起来早不拾粪么，比起大爷，自愧不如，羞煞我也。老婆揶揄说，每天起那么早，没看见你都弄了些啥！是的，我觉得我的确荒废时日。有时也想，起来早锻炼锻炼，可坚持不了两天，唉，岁月和身子骨都让电脑给荒废咧。

不过，起来早总不能成为错，这让我想起鲁迅先生刻在课桌上的"早"字。小时候鲁迅的父亲生病了，他一边上学还要一边帮父亲抓药，以至上学迟到，先生责备。从此后，鲁迅在桌上刻了个大大的"早"字，暗下决心，以"时时早，事事早"要求自己。他说，时间像海绵，只要挤，总会有。他还说自己不是天才，只是把别人喝咖啡的时间用在工作上。他对早的践行，让他取得了成就。

QQ里的一声早上好，让人温暖。可早上干了些啥，只有自己知道。因而要有个计划，干点啥，哪怕每天履行一点点，也是向前。

早上看到那些锻炼的，跑得热气腾腾，红光满面，我就心生羡慕，自己却做不到。其实，很简单，只要下决心，就能办到。可是世上越是简单的事越难做，就是太简单了，不屑做。譬如常回家看看，看看在老家年迈的父亲或者母亲，给老人洗哪怕一次脚，好好听他们唠叨十分钟，都不易做到。等真的做不成了，就后悔，后悔又有何用！许多人以孝著名，可是许多官场人，给七老八十的老人做个大寿或者死后排场盖地就认为自己真的孝了，可能想的是过一场事收了多少钱吧。当然，做到问心无愧就行，做到嘘寒问暖就真行，穷有穷孝，富有富孝法。扯远了。

未雨绸缪也是一种早。早发现，譬如一件事情和人的身体健康，早早发现问题毛病，不酿成大错。早预防，发现问题早做准备，做几套方案，结果会好些。寒号鸟不做早打算，因而冻死了。诸葛孔明死前早早做了几套预备方案，因而蜀军得以全身而退。三楼的大爷早早买了钢炭，因而冬天来临时楼下阿姨慨叹钢炭涨价而他露出自豪。

早知潮有汛，嫁与弄潮儿，早知现在，何必当初，世上没有早知，只有早打算，先知先觉，世上很少，因而俱为奇人。奇人非常人，因而

不若未雨绸缪。

　　一年之计在于春，一日在于晨，这都是最美好时节，因而莫在这个时间只知道消受。

　　起来早还须拾粪，一句早上好，好温馨，要对得住早上这句好，若不努力，将何已堪！

终南无捷径

天下修道，终南为冠。自从老子在终南结草为庐，楼观台就成为洞天之冠，天下第一福地。在福地能干什么，做神仙，道教的最高境界就是做神仙。神仙是指能力非凡、超脱尘世、长生不老、可以部分不受物质所影响且被认为有正义感而被信服和依靠的人物。同时神仙是众人对才华出众公平正义之人的尊称。神仙是具有一定的超能力，也是能预料或看透事情的人，他们逍遥自在、无牵无挂。像这样的神仙，谁不愿意做呢？所以说神仙是人们对美好事物的一种期望。

因此跑到终南山的所谓隐士，更多的是想修炼成仙，退其次想延年益寿。这种现象世代相传，乐此不疲。数千年之中，又有谁修炼成仙，抑或是吕洞宾，抑或是韩湘子，还抑或是汉钟离，没有人真正知道，只留下了许多美好且缥缈的传说。他们或炼丹、或闭关、或练气，反正能试的方法都试过了。神仙难得，忽然醒悟，住山即是神仙。

在终南山想成为神仙似乎可以想象得到，想做官似乎滑稽可笑，幽静的山里和喧嚣的闹市里的官有什么联系呢？

还真有几位做不了神仙就做成了官的。

西晋初年，竹林七贤聚集云台山，醉意逍遥，远离官场，快乐似神仙。然而其中山涛脱隐而入仕最终又归隐，只可惜了嵇康，置身山林也逃不脱政治。

唐朝进士卢藏用没有官职，他来到京城长安附近的终南山隐居以扩大影响，后来朝廷终于让他出来做官。司马承祯想退隐天台山，卢藏用建议他隐居终南山。司马承祯说："终南山的确是通向官场的便捷之道啊。"卢藏用深感羞愧。这个故事让卢藏用一千多年来，似乎一直羞愧，其实司马承祯说的颇为中立，并不包含贬损讥讽，这些都是后世人的臆想。其实是宋明理学思想的作祟，学而致用。卢藏用做了进士而没有调官，其实就是儒家理学的不公平，卢藏用千方百计想达到仕途，却又违背了理学的谦谦之风，所以说儒家理学也有道貌岸然的时候。

其实卢藏用是一位多能之士。他不仅围棋下得很好，而且在琴、书等其他方面也很有造诣。据欧阳修《新唐书·卢藏用传》载：卢藏用字子潜，幽州范阳人……能属文，善著龟九宫术，工草隶、大小篆、八分，善琴弈，思精远，士贵其多能。

卢藏用多才多艺，且颇为自负，他和长相丑陋为人不齿的陈子昂却是好友。陈子昂的诗歌一改六朝靡靡之风，卢藏用是陈子昂诗文变革的积极支持者，陈早死，卢藏用照料他的孩子，并且编了陈的文集，也算侠义之士。起初他们一同到山中学丹、炼气、辟谷，这时谈诗论道的哥们有李白、贺知章、宋之问等"仙宗十友"。因为学识渊博，没有人不说他是个人才。越是这样，他越为自己怀才不遇而愤愤不平。于是皇上到洛阳巡游，他便去附近少室山上寻隐，皇帝到了终南山，他又回到了终南山，大家知道他醉翁之意不在酒，戏称为"随驾隐士"。最后被武则天召为左拾遗，累至黄门侍郎尚书右丞。他以自己的才能，待价而沽成功，如果说官场是一棵树，那官员们就是树上的猴子。猴子爬得越高，就露出了它丑陋的红屁股。卢藏用如愿以偿做了官，却把自己的人格缺陷暴露出来了。后来因曾经拍过太平公主的马屁为由，唐玄宗把他流放到广东，晚节不保，可惜可惜。史书也说他"趑趄诡佞，专事权贵，奢靡淫纵"，也算是对他的惩罚。这从他留下多为应制诗也可了解到他的作为，然而对他的才华依然不可否认，只是从此他玷污了终南山的名声，也让人说起终南捷径为耻，他真的赔不起。

宋真宗时种放是个让人最难以说清的隐士。种放七岁的时候就能写华美的文章。父亲去世后，种放便和母亲一起隐居在终南山，以教书为业。母子俩虽然生活清贫，但也过得愉悦。种放性嗜饮酒，自己种了高粱来酿酒。《神相秘密全编》里记载种放的相貌是：骨秀如龟鹤，神清如岩电，腰背丰满，鼻准直齐。他围着幅巾，穿着粗布短衫，背着琴提着水壶，坐在磐石上弹琴，在长溪里濯足，过着隐逸的生活。种放很崇拜华山的希夷先生（陈抟）。陈抟是著名的隐士，懂仙术和炼金之术，又善于人伦风鉴。于是种放前往华山拜访他。希夷先生说："您哪里是个樵夫呢？二十年后当是一位显官，名闻天下。"宋真宗手下许多幕僚都和种放有交往，赞其才华，宋真宗三召而入，赐他以官，礼遇有加。之后几次回山又几次应召而出，一时名震寰宇。然而隐士到了官场，又向往大山，到了山里，心又不甘。他的老母亲就说，我常劝你不要聚众讲学，既然隐居了，还用得着舞文弄墨吗？果然为人所知，而不能安生，欲将离开你进入深山老林里去，以了此一生。母亲把他的笔墨砚台都翻出来付之一炬，和种放一起搬到穷山僻壤，人迹罕至的地方隐居起来。等母亲去世了以后，又心里蠢蠢欲动起来。他很矛盾，出山无力出将入相，回山无能得到成仙。等到种放成了得道高士，在山当神仙，出山有本钱。而一般的隐士呢，在山受煎熬，出山有风险。而出出入入，使放种更加家高傲，已不是过去的清傲。种放回到终南山时，长安通判以下的官员一起去拜谒种放。而种放只是微微点头，甚是傲慢。长安的首脑王嗣宗心中甚感不平。稍后，种放让他的侄儿出来拜见王嗣宗，王嗣宗坐着受礼，种放怒形于色。随之交恶，王嗣宗给朝廷上书，说放种了许多真话和坏话，进呈给真宗。真宗虽然没有追究，但对种放的态度开始冷淡。

种放晚年不够注意名节，生活过度奢侈，产业遍布丰、滴之间。门人亲戚也都横行霸道，强取豪夺，种放因此丧失清节高名。

所以说种放不是一个真隐士，也是坏了自己名节而玷污了终南山名节的人。

这一切都和朝廷好恶有直接关系，唐宋几个皇帝都有此好，也是因为隐士贞退之节合乎无为之道，符合朝廷意念，标榜他们的恬退情操，借以消弭官场的奔竞之风，也因此，隐士才有了做官参与社会的机会。而种放的业师陈抟是一位高人，曾被召入朝，很受宋太宗礼遇，被赐号希夷先生，赐赠紫衣一件。何为希夷，看见当作没看见，听见当作没听见。陈抟老祖成为了后世的美谈和佳话，而卢藏用种放却被后人不齿。我于此又想起了"吾吊千年王，不为池中鱼"的姜尚，吊中了姬昌，成就了别人也成就了自己。

卢藏用种放都没有错，而是儒家理学之误也。当今社会这么开明，如果开明是事实，政府就不可能承认仍有那么多隐士，而没有了成长隐士的土壤，也就没有了终南捷径了。

其实没有了捷径，才会诞生真正向往像神仙般生活的人，这才是真正意义上的终南山。

一切如浮云，任你是被封为玄远皇帝的老聃，还是活死人墓里的王重阳，抑或是比尔波特的空谷幽兰，终南山自巍然从不言传。

还债

欠着债，总觉不安。欠债过年，心里更不踏实。欠债要还，天经地义。

商人欠经济债，情人欠感情债，今世人还前世人的债，今世人又欠后世人的债。

债债相欠何时了。

被冠以文人，文人欠文债，当是很正常之事。欠债不还，心里总是个疙瘩。

文债分这么几种。一种是感情债；二种是金钱债；三种是欠自己的债。有人说，你笔底下糊弄一下不就过去了。我想了想，这几种都不好糊弄。

感情债，必是欠朋友的，这个糊弄不得，非用心不能就，还没有任何铜臭事。金钱债似乎能糊弄，乍一想，人家给钱了，文人能让人给钱写点东西，应是自豪之事，自豪之事就应有自豪之文章以对，否则，对不起这点价值，这也不能糊弄。

第三是自己的债，自己的债既好糊弄又最不好糊弄。

自己一直想写的东西，岂敢应付糊弄，这正是赖以安身立命的本钱，也是自己读书思想的感悟心得，最最不能草草。所以，想来想去，没有好糊弄的。

只有老老实实认认真真为之，否则债就真成了债，成了良心债，那是自己做空自己，要不得。

欠债不还，总似做贼似的，见了人不好意思，人家没开口，自己先道歉。

回来便自责，光顾忙于应酬，要赶紧完成。不逼上一两回，不能自醒。反倒把欠自己的耽搁了，一月一月，一年一年，荒废而过。甚至有时哀怨，应酬浪费了时间，荒废了灵感。

没有了灵感的生命，只能是碌碌无为。

大文人欠大文债，小文人欠小文债。贾平凹说，欠了人的总不好意思，欠的多了，就疲了，脸皮也就厚了，挨骂是自然的。可老贾人家欠了不还，又能咋的？！人家都记得要还，咱学不来老贾，咱的脸小，得罪不起人。

文人清高，嗟来的不食，违良心的不做，那么剩下的能食的且能有点价值的就不多了。不多的文债岂敢糊弄。

于是我决定，闭门即深山，谢绝应酬几日，还还债。

欠债的身体不通畅，自然是病体。还债虽然身体受累了，心里却敞亮了，继而轻松，病自然就愈了。

至于还了，你满意不满意，那么是你的事了。我继续行路，继续求索，也许继续欠，继续还。

最主要还要还欠自己的。人生何尝不是一场欠与还的修行。

放飞痛苦

谁能没有痛苦呢？

失恋，失业，失去亲人，这种痛苦也许就发生在我们身上；得病，偶尔小疼小痛也是一种痛苦。

然而，放飞痛苦却是一种境界。

一位女生，二十一二岁，大学还未毕业，却患了宫颈癌，已是晚期，癌瘤已布满腹腔，每月化疗一次，每次几千元。父亲早逝，下岗的母亲靠打工做保洁维持生活。女孩毅然中断了化疗，她自己每天强迫自己多吃一口多喝一口，母亲不在，她在床上翻跟头作为锻炼。医生宣布她只能维持四五个月，她却每天在母亲推开门的时候，报告母亲说，妈，我今天吃了半碗米汤。妈，我今天吃了三口馒头，真的。妈，我今天放了一个屁！

由于长期患病形成肠梗阻，连放一个屁都艰难的她，对放了一个屁欣喜万分。

她妈妈高兴地说，真的吗，好高兴啊！

然而就是如此，这位每天让自己多做一点活，每天让女儿多一份快乐的母亲也查出了是肺癌晚期。

听到此消息俩人没有痛哭，相互鼓励相互支撑，多活一天算一天。

也是医生告知只有几个月生命的这位母亲和她的女儿已成功度过了一年零三个月，如今她们依然痛并快乐着。

你说，面对她们，我们的小疼小痛还算得了什么。

一份杂志上说，有家国外研究机构做过这样一个实验，对两个人，一个真正病人，一个正常人，同时宣布得了不治之症并且晚期，最多只能活几个月。结果病人这个人说，反正如此了，整天快快乐乐，该干什么干什么，正常人整日忧郁，最后，正常人先于病人而死。我们姑且不去讨论这家机构的残忍，只说这件事情，痛并快乐着，不是一句空话，不是人人都能做到的，需要毅力，需要一种境界，同时也是一种人生观。

还记得汶川地震劫后余生的那个敬军礼的男孩吧，还有那个刚从废墟出来要喝可口可乐的高中生吧，让人看到生命的伟大。看到这些，怎能不让人放开心境呢。

因而当你失恋时，与其两人痛苦，不如放飞自己，结束这一切，重新开始新的生活。当你失业时，静下来思考一下自己，让自己沉淀一下，或许更好。当你失去亲人时，就大哭一场，逝者已矣，活着的你就是最好的思念。

时间可以疗伤，就让伤痛在柔美的清风里放飞，化成和煦的太阳光拂过以往。

当沙砾掉进蚌里，蚌虽然痛苦，然而最终沉淀成了珍珠。分娩是痛苦的，结果却很欣慰。回头看痛的过程，你会更快乐。

因此当痛苦来临时，一定要淡定，淡定不是漠然。你可选择或者哭一场，或者去 KTV 彻开心肺唱几曲，或者去旅游，也许蒙头睡一大觉，该来的会来，该去的一定会去。

放飞自己，卸掉痛苦，让快乐让爱伴随着你，潇洒人生。

葡萄架下的歌谣

娘说，七月初七这天，在葡萄架下仔细听，能听见牛郎织女的说话声。

我竖起耳朵，却只有蛐蛐的叫声。

虽然没听见，顺着娘的手指，一道星河，让我依偎在娘的怀里，遐想万万千。

仰望星空，我确信牛郎织女在约会。

娘说不了很多很深，可娘会拍着我，给我念儿歌。

月亮爷，丈丈高，骑白马，带腰刀，刀子长，杀个狼，狼有肉，杀个兔，兔有血，杀个鳖，鳖有油，放到锅里滋噜噜。娘念着这些童谣让我睡觉，可我睡不着，央娘再说一个。

咪咪猫，上高桥，金蹄蹄，银爪爪，上树去，逮雀雀，猛一跳，没逮着，扑棱棱雀飞了，把我老猫气死咧，拿盐来，拿醋来，都吃老猫的香肉来。娘又说了一个，我还是不依，娘说，你这娃些，咋不听话呢，赶紧睡觉，明个儿再说。

娘虽然没文化，可为了哄我睡觉，又学来了新的。

月亮月亮明晃晃，我在河里洗衣裳，洗得白，槌的光，打发我娃上学堂，学读书，写文章，一考考上状元郎，高头大马到门上，你看排场不排场。说完指着我的额头说赶紧睡觉，好好上学，将来也考个状元郎，给妈挣个气。

星星透过葡萄枝的缝隙眨巴着眼睛，我就听话的想着娘念的童谣，进入了梦乡。

又到晚上，娘实在没有了，就重复念过的，我就嚷嚷，说要听新的。娘说没有了，我溜下她的膝头，就跑到在煤油灯下绣鞋垫的姐身边，姐说，我给你说个摞板凳吧。

板凳板凳摞摞，里头坐个大哥，大哥出来买菜，里头坐个老太，老太出来烧香，里头坐个和尚，和尚出来磕头，里头坐个孙猴……

好玩，我问姐为啥里头有个孙猴，姐说不为啥，赶紧睡觉去。一会儿爹回来了，打你屁股。在我的记忆中，爹从来没打过我的屁股，可我还是害怕，就钻到娘的怀里，娘依旧念着老掉牙的那些曲儿，一边纳着鞋底。

那时爹是村干部，每晚上都有来说话的人，爹一边干着活一边同人说话儿。我也很有眼色，看着爹送走了人，就央爹说个，爹不会这些，想了半天说，我给你说个，你可要记住哦，我最是记性好，说没麻哒么。爹就欣慰的笑了，说，三皇五帝夏商周，春秋战国乱悠悠，秦汉三国东西晋，南北两朝是对头，隋唐五代又十国，宋元明清帝王休。这哪是曲儿，我不愿意念，爹说这是历史年代歌，会有好处的。我虽不愿意，碍于爹的威严，就背过了。

我十岁爹就去了。一直到初中，我才知道这首歌的好处。至今，我每念到这个年代歌，想到的就是父亲。可我再也不能在他面前撒娇了，甚至想挨他的巴掌都不能了。

我后来娶了媳妇，娘还给我念些曲儿，男人是个耙耙儿，女人是个匣匣儿，不怕耙耙没齿儿，只怕匣匣没底儿。我知道娘的用意。

这么多年过去了，儿歌早已忘的七零八落，回忆小时候，倒也有趣。如今的孩子早已不听这些了，他们有趣的东西很丰富。我甚至没给我的孩子完整念过一首，他们不屑这些。

回忆是美好的，也总想拾起一些歌谣片段。

记不起，问娘，娘早已模糊。

我也觉得心酸，我总记起娘在自家院子的葡萄树下给我讲牛郎织女的故事，给我念月亮爷丈丈高，如今，娘老了，已记不起那些曾经恬熟的儿歌。

我便问些尚能记些的人，或翻些书，找点记忆，找点童年的我。

七月夏夜的天空，繁星烁烁，我在楼下看见一位白胡子的老爷爷给孙子也许是重孙念着歌谣，也许还是念给自己，念着一段回忆。牯辘雁，摆铧角，一摆摆到杨柳稍，狗拾柴，猫烧锅，猴在案上捏窝窝，捏了十头八九个，你一碗，我一碗，把你憋死我不管！

好久没听这些了，老人闭着眼，坐在凳子上摇着蒲扇，孙儿在车车上自己耍，估计也听不懂。没把孙儿哄瞌睡，自己蒲扇歪倒一边上，先梦了周公。

生如夏花

我有些懊恼。

有些事想了就要行动，否则，永不可追。

我一直想去看望一个人，想着在年前一定去看看他。

可是今日却知道，他已在十多天前离开了人世。

这让我有些落寞，更有些自责。

文学对于他，如夏花般灿烂，却在叹息中凋谢了。

他，是我文学的引路人，尽管和他相处并不长，交往也不算深。

我还是很感激他的。

我一直记得他对文学的执着，文学却给了他半世的落魄。

他，是一位被遗忘的作家，叫李武迅。

十六岁那年，我发表了自己第一篇作品，是一首小诗。

拿着报纸，除把我自己的那首诗读了数遍之外，我还把报纸的角角落落读了个遍。

这份叫做《学生作文报》的编辑部在一个叫引镇的地方。

从此，引镇就成了令我神往的地方。

尽管我尚不知它在何方？隐约有人说过，它在我上学的学校向东的某个地方。

向东有多东，我不知。

高二那年，一位学姐捎来几份报纸，上面又发表了我的几篇作品，并且说，主编想见见我。

因为我的一篇文章每每是他去陕南一些学校讲课必备的讲义，他在那边无数次夸过我，却至今互不认识。

要去见我心目中的大作家，心里还甚是忐忑。

冬天的引镇显得有些萧瑟。街上许多店铺的门匾都是主编的题字，让我敬意顿生也充满了好奇。

《学生作文报》的主编就是李武迅老师，编辑部在街上一所楼房的二楼，我终于见到了他，主编跟我对引镇的印象一样。他的头发凌乱脸颊棱角分明，甚至有点丑，但是我依然激动。

后来，我也成了这家报纸的记者，干了不算太长的时间。

那时，没有说过工资，有的只是我对文学的酷爱和执着。

再后来，我离开了这份报纸，也离开了引镇，到很远的地方找了一份差事。

可《学生作文报》编辑部，一直是我萦绕文学梦想的地方。

武迅先生出版了很多作品，如《南山草》《黄天厚土》《冰雪儿》等许多长篇小说和散文集。

后来他还住进了省作协大院。一次他在钟楼和我不期而遇，还高兴地邀请我去那里做客，我由于有事情就匆匆做了别。

再后来他筹集拍摄电视剧《雪落豹子沟》，可惜夭折了，还欠了一屁股债。

那个《雪落豹子沟》拍摄基地的大广告牌在大峪口矗立了若干年，让许多人遐思无限。

他离了两次又结了两次婚，他也已经很少回引镇了。报纸早已归了别人，据说后来依然发行了若干年。

我还是从电视上看见的他，他身边的女人很年轻，也很漂亮。漂亮的女人是在他欠了一勾子债时离开他的。

后来打听过关于他的消息若干次，总不得具体。

数年前一个偶然的机会知道了他现在住的地方。我去探望他时，他正在喝酒，糖尿病让他眼睛也不好了，只能看个人影。现在的也是他的第四任有人说第五任妻子是个走乡唱戏的。

已患了脑梗且眼睛看不清的李老师已不认识了我，或者他是真醉了。

在那里口吐白沫地演说着，对面两个人只是应和，并不插言，茶桌上摆着一碟花生米，一瓶见底的劣质白酒瓶。

嘴里把和他交往的所有女的都说是他的情人。

旁边这个妻子也不在意，依然欢喜的为他男人唱着他爱听的戏。

他俩就住在离引镇不远的一个村子破的能顺着房上窟窿找见星星的屋子里。据说是为了躲避债主才不得不隐到了这里。

从他的支离破碎的语言中，我似乎还能找到当年他身上的书生豪气。

如果不是《雪落豹子沟》让他豪气冲天要夺诺贝尔文学奖，还自编自导改成电视剧紧锣密鼓的进行摄制工作，如果资金能跟上，如果电视剧拍成了，他一定会是另一个样子。

但一切都是如果。他成为生活的输家。

如果不是执拗的热爱，也不至于负债累累，不至于被人追账四处躲藏隐姓埋名，不至于糖尿病没有钱吃药看病，也不至于被人宣传成骗子。

当年《雪落豹子沟》的出版海报上赫然印着：继路遥、贾平凹、陈忠实、京夫之后的又一位实力派作家李武迅扛鼎之作……

我去看过他两三次，最后一次是大约五年前，也是最后一次见他。

那次他没有喝酒，他在接过我们捐给他的几百元钱后有些激动，竟然从床沿扑通跪在地上，我们急忙拉起他，许多人唏嘘起来。他说，我给你们拉一首曲子吧，也许不知啥时候就走了，就拉不了了。

板胡的曲子很动人，也很伤感。他拉的很用心也很动情。听的人心里很不是滋味。

拉完，又拿出他的字画，说是送给你们每人一张，就当留个纪念吧。

我那时眼泪在团团打转，忍着，没有下来。

没想到真正成了离别曲。

文学的梦在他身上如同夏花般美丽，也如同这曲子的哀婉让人不忍回味。

记得前一次去看他时，他的妻子唱了一段寒窑戏文，那高亢的声音直到我们离开还回荡在院子里皂角树的顶上，随着一只在树顶绕匝的乌鸦飞远了。

这次出来他妻子唱戏的神情一直让我回萦在脑海，我一直望着屋外大树的顶，似乎那声音还在。

后来我一直都说再去看看他，一直都没有成行，前一阵，我告诫自己一定要在最近去一趟。

可是，可是，晚了。

他走了，带着遗憾带着对文学的不甘和无奈走了。

今夜竟让我如此感伤。

文学这个魔鬼，为什么让这么多人为你生死相许。

只能在这里燃一炷香，武迅老师，一路好走！

睡觉

我不知人为啥要睡觉，还要每天都睡，分昼和夜。

为啥就不能睡上一年，醒上一年，或者睡十年，醒十年，更或是睡半辈子，干半辈子。每天要睡要起，真麻烦。刷牙、洗脸抑或抹化妆品，浪费多少时光。

如今昼夜不分，灯火通明，黑和白差不多。或者人为啥不白天睡，晚上干事。我想不明白。夜里干的事大多不光明，这是真理还是自古人之误。

现在据说北极几个月昼几个月夜，既然大自然有这种情况，我想人为啥就不能适应大自然。

既然搞不清，咱也懒得管，咱不想了，咱睡觉。

睡觉为啥晚上睡就舒服。

我甚至想，不穿衣服是最舒服的时候。小时候，我就爱光着脚丫走路。虽然石子硌脚，夏天很烫，但我依然乐此不疲。到了夏天，我还爱光膀子，太阳再毒，我也不怕。

进了温泉池子，一群光溜溜，都喜笑颜开，一脸惬意，看来喜欢光膀子的不止我一个哦。

既是热爱，人为啥就不能光溜溜上街。如果满世界光溜溜的，那谁穿了衣服反而别扭。

睡觉虽然麻烦，不睡就精神麻痹，就浑浑顿顿，就没精神。

睡在床上，就是活着的死人了。白天做不到的，梦里会惬意人生，梦里会飞，梦里还会

有黄金屋，梦里还会娶媳妇。

白天不能的，梦中都实现了。

梦里甚至会追呀追，忽然看见一砖头堆或者墙背后，一放松，这下爽极了，一会儿被冰得醒来，被褥湿了一大片。娘便喊，又尿床，这么大娃了，还尿床，把人害的……

我总爱躺在夏天光好的麦场里，仰天数星星，数着数着就睡着了。我也爱躺在娘的怀里，她纳着鞋底，一针一针的抽线，我便在晃动中梦了周公。

学生时期睡不完的觉，总觉得老天咋就那么吝啬，不让自己多睡会儿。青年时期晚上不想睡，喝酒聊天打牌成宿成宿不睡，也不觉得困。

中年时觉得应该早睡多睡，便强迫自己睡，变得规律一些。到了老妈的年龄，整宿整宿睡不着，一晚上三四个钟头，也似乎没见她说困。

这世上有许多人一倒上边打呼噜，不叫永不起来。有失眠的，整夜整夜睡不着，浑浑噩噩，那叫个痛苦。睡不着的羡慕倒头睡的；倒头睡的又羡慕精神好不睡的。老婆睡不够，我睡不着，儿子睡不醒。

睡不够的要早起 睡不醒的要上班，睡不着的只好当闹钟。

盘古开天，浊气下沉，清气上浮，混沌而开，有了天地，有了阴阳，有了夜与昼。

这世界值夜的人少，值昼的人多，这是死的吗？

老家是一个人的牵绊

娘来了，呆了一礼拜。要走，她已说了两回，第三回她就该发脾气了。我知道她的倔强，说明天就送你回去。

下午我抽空又拉着她到山下转了一圈。她说，看景不如说景，人看人，没啥好看的。尽管这么说，出来转一圈她还是很高兴。

娘已有接近半年没有来城里了，这次她是还愿而来的。因为屡次要她来住几天，她总是推三阻四。说你舅说这几天要来；说谁家娃要做满月了；说谁谁这几天不行了，她要看看。这些并不是什么切实的理由，缓几天也没关系，总之她不爱进城。姐叫娘去她那里住几天，娘说去儿那里都已答应很长时间了，还没去呢，去儿那里耍了再说。却私下给我说，她哪儿都不想去，自己呆在家里，平天平地，好着呢。

这次她主动说来，其实是把理由找的没有理由了，答应了半年多，她来是还了我的愿，也还了她的愿。

她说在城里像坐监，想想也真是。娘年轻时腿受过亏，所以走不了太多的路，在屋里就不愿意下楼，整天呆在家里。偶尔下了楼，又不会

142

开双保险"安全门"，只能等有人进时才一起进来。家里没人的时候，我临出门给她开好电视，不让她关，声音放小点就行。可是每回我出去没一会儿，她就关了，说费电。

娘是拎着大小包来的，啥都舍不下，说有车呢你给我都装上，搁屋里不放心。娘走的时候，又拿上她的大小包。你拗不过她，为了她高兴，拿就拿呗。

你不拗着她，她就高兴，她就要你听她的，前些年老觉得她啰嗦，也和她犟嘴。但当我离开老家时，看着她落寞寞的，不开心的样子，我就心里难过，就怪自己。便几天也不开心，可当我再一次回到老家时，她早已忘记，依然絮絮叨叨又说起来，吃咧么，咋穿这么点，隔壁娃生了个男娃，总之她还是她，改变不了。她也非得给你擀面，尽管你说还不饿。

天下母亲总给儿女付出得多，儿女能有三分之一对母亲一样的付出就已经够不错了。

这些年，我逐渐习惯了她的絮叨，充当一个听客，偶尔掺和一句。她说完了似乎轻松了一些，有些事我已经听了若干遍。

我走的时候，她把那些亲戚拿来的礼品一股脑让我拿走，给她只留一点点。她说她一个人吃不了就坏了。我拿回去也没人吃，还是坏，可放到老家肯定就被她放坏了。在这边放坏我还可以扔，在那里坏了她也不扔，还不让别人扔。

每次车子将要开动时，她总要趴着车门，说，一路平安。

每回这时候，我鼻子就发酸，让她离车远点，车子启动后，我会加快速度。我不愿看她一直站着的身影。

娘今年八十岁整了，有人说你娘不像八十的人。而我知道，娘的确老了，身体的机能逐渐衰退了。娘吃东西容易噎着呛着，是她的吞咽机能衰弱了，这一点，我很担心。

我只有回去勤点。

老家是一个人的牵绊，有老娘的老家是有温度的，回一次老家就多一点暖。

那年的红月亮

那年，我刚上高一，还是个懵懂少年。

懵懂年龄便生懵懂之情。

从一所低级学校进入到高级学校，有许多地方是进步了的，譬如男女生之间。那时男生女生同一张课桌却画着三八线，不说一句话，仿佛敌人似的，封建的要死。到了高中好些，虽然还有些生涩害羞，但在一些大方同学的行为鼓舞下，我私下以为我似乎也开放了些。

那时晚自习上到约九点钟的样子。有些没完成当天功课或者愿意多学一会的，学校的会议室开放至十点半，我也便常常到那里看看书。期间一位女生时常坐在我的对面，每次和我目光对着时，她都微微一笑，好像认识我似的，我也报之一笑。她个子不高，也黑黑的，只是有着一头乌发，黑油油的，很恬静的样子。久之，便熟了，但仍然没说过话。一日，我俩最后走，我对她说，同学请关一下灯。她说，你就等一下我不行吗？

于是这一等，便第二日晚想等，第三日晚便有意等。她住在校外，我便送她到校门口，怕校门锁了，只觉得从会议室到校门口这段路太短，话没说完路却早早走完了。她在文科一班，我在二班，我们谈的问题无怪乎谁代的课好，谁是谁的同学，琼瑶鲁迅或者还知道什么泰戈尔托尔斯泰什么的。现在想想都可笑，可那时我们彼此把自己知道的在对方面前摆显。

有天晚上会议室只剩下了三个人，那个同学像是发了疯的抄课文，丝毫没有离开的意思，我坐卧不宁，好不容易等的那个同学走了，我俩相视大笑，由于耽搁的时间长了些，她说这会回去估计主人家都关了门，她一叫门狗就吠起来，她最怕狗了。那时女同学很多在校外租房住，男生大多住在教室，课桌一并，便成了床，第二天早早再挪开来。她租的房就在学校后面不远，走路也就五六分钟，据她说。

今夜月光皎洁，星星眨巴眼睛似乎瞅着地上的一对傻瓜。我鼓足勇气说我送送你吧，虽然我知道我回来学校门肯定已上锁，我得冒着被门卫逮住的风险翻门进来。可我依然说，我最不怕狗了，我给你叫门。

路上，也许说得太多，反而没话了。我只恨自己嘴笨，辜负了这美丽明亮的月色。忽然，月光暗了下去，星星却更闪烁。我抬眼望着月亮，圆月不见了，什么时候成了一小牙牙都不知道，没一会，月亮被全部遮掩，只剩下一圈光晕，然而渐渐地渐渐地红了，成了一轮红月亮。

我说快看红月亮。

看红月亮，她说。

红月亮漂亮极了，我从来没见过。我很兴奋，也很庆幸。

然而黑黑的夜里我看不见她的面容，只看见她两只闪烁的眼睛。我问，若干年后，你是否还会记得今夜的红月亮？还有红月亮下的你和我。她说，会的。我很欣慰，真想拉拉她的手，我没敢。

我已记不起我是怎样给她叫的门，我又是如何翻门进到学校的。我只记得回来的路上月亮又明了起来，红月亮已悄然消失。

随着学习的逐步紧张，也随着知识更加丰富，抑或还有认识了更多既有知识又很漂亮的女同学，她在我心中居然黯淡了下去。后来发展到见了面也只是点个头就过去了。后来高三，更是没有时间想这些，即使想起心里也悄然改变了想象者的模样，她的影子早已模糊，我也为自己诧异过，可我已记不起她的模样，只记得那轮红月亮。

　　毕业后，我没考上大学，走上了社会。认识了我的一位学姐，怦然心动，我自已以为这次我真的恋爱了。那时她的家在沣河东，我在沣河西。每次我从外面回来就会绕到她家坐一会。每次我要走时也都是她送我，而我也就是渴望这段相送，每次相送都要走一段河堰，河堰上微风

徐徐，他送我我送她，反反复复，一直到月上树梢。

夏日傍晚的河堰上蛐蛐声一片，忽而有野兔窜出，怵人一跳。我俩为一件小事翻交着斗着嘴皮子，不觉已很晚了，月亮已明晃晃挂在天上，并不断向西移。忽然她指着天说你看，顺着她的手指，月亮不知何时已经不见了，只是一轮光圈透着月晕，这是怎么了？难道又是月食，我忽然记起，报纸上说今夜就有月食。想必我俩是赶上了。月晕逐渐变红，居然渐渐很红，俨然成了红月亮。时隔三四年我竟又一次看见了红月亮，竟然又是两个人，我和她。只是她已不是那个早已模糊了的她，而月亮还是那个月亮。

我不禁自言自语的说，若干年后，你是否还会记得今夜的红月亮？还有红月亮下的你和我。

她问，你说什么？我当然会。

可是山盟虽在，情却成空。

我的这段恋情和红月亮一样没多长时间就消失了。

这一次，让我痛了好久。

今年我又一次看见了红月亮。我禁不住想起那两次的情形，让我生出很多感慨。

最美不过白月亮

红月亮固然很美，但是很短暂。而红月亮过后，依然高悬于头上的是那轮照了千年万年的白月亮。白月亮司空见惯了，就迷了眼，看不见它的美了。而我如今才觉得，最美最经得起考验的就是那最常见的，譬如白月亮。

初恋是什么，情人是什么，红月亮再美，也只是短暂。

而与你一直相依相伴的那轮白月亮，就是那个守你最紧的人。

为了忘却的纪念

这个春天，雨水蒙住了我的眼。

这几年，西安变得多雨起来，说来就来，一下就数天。

古城因此而多了一些江南的氤氲，然而空气中似乎也多了一丝丝南国才有的感伤。

雨过初晴的虎峪，因一片槐花，许多人在这里给它过一场乡愁节。

就在此时，我的一位多年的朋友走了。妻子接到消息没有在当下告诉我，而是等我忙完歇息时告知我的。

尽管我知道会有这么一天，但是到来时，我依然感到有些懵了，情绪突的就低落起来，连别人的招呼也只是机械的唯诺。

尽管到处槐花飘香，绿荫芳翠，我在茫茫密林里郁郁而行，青山索然，此刻，我的记忆只有这个叫吕胜利的伙计。

他走了，在这个芳菲之时，他却等不及花儿尽情绽放。

最后一次去看望他是在年过后的正月里，看着他黑瘦的身躯，想着他几年前还是生龙活虎，一老碗嗦面，或者一大碗凉皮，甚至一盘菜加一瓶啤酒，他吃的津津有味的样子常常令我羡慕，我的脾胃不好，饭量不大，特别眼热那些能吃能喝的人。

我都不知我怎么回的家，一路上，我沉闷不言语。妻子问，你今天去吗？

我摇摇头，不想去，我只想独自一人安静会儿。

晚上，我想写几句话，提笔却又不能，睡又不得安稳，想着去年冬天去看他时，他的精神尚好，我故作轻松地与他闲话。但是心里却在担心这个冬天。

他就是大前年冬天发现了病，在前年的冬天又因一场感冒咯血差点没追回来。

闲谈了一会儿，他要我们拉他去山下转一会，附带请我们吃个饭。天飘着雪花，我没有答应他。临走之时，我说冬天弄暖和点，天暖和了再去转。一位看似平常稀松不注重感情的兄弟出来伤感的抹眼泪，说不知还能见不？

他确实是最后一次见，我开罢年又见了一回，却隐隐有些预感。

去岁八月十六那天，我路过他村子，顺便想去看看他，他却在邻村的一家果园给人看园子，出来还捎了一些人家树上的核桃，说是偷偷拿的。有十来个，我说谢谢，他说你拿这么多东西换我几个核桃还谢啥。我说好，那就笑纳了。

他说，没事忙着就不要来了。

我说，看着你还活着就行。

他说，废话，明年春天，我还要出差去山东呢。我说，明年春天你还活着就一起去。

他说，一言为定哦。

分手时看着他骑电动车的身影虽然瘦俏，但是精神还不错。

记得曾经他住在西韦村他的租房一天我们开玩笑说，给你写个祭文吧，于是他念他的，我念我的，把我们笑得肚子疼。

我们也经常打嘎，互呛，甚至数月谁不理谁。可是见面了，谁也不提前事，往事成风，依然如故。

二十五年前，我们同时应聘一家民营企业，有着共同对文学的爱好，相互提到一些学校文学社以及县上文学前辈之事，竟有许多相同相通之处。因着爱好，又是同年，所以自然亲近些。

但是也不常见面，他入两湖，上山西，走新疆，成绩和他走的路一样广。我坐守天津，不求变，只求稳固中发展，竟也不差。

回来三五成群聚集，一醉方休，我讥笑他袖口塞毛巾赖酒。他讽刺我人面前装酒量大回来吐一地自作自受。

次年，胜利母亲突然病逝，他却远在江西怎么也联系不上，单位知我俩关系派我代表去远在几十里之外的他家去吊唁，我是看着他母亲入殓的。

后来他经营一旅馆，他把年迈的父亲接到旅馆住着，谁知他爹就去世在旅社里，我和他三四人用被单包裹了一起抬上车送回村子的。

忆往昔我欲和一些文友成立一个民间文化团体，他是被强拽着进来的，我知道他心底很热爱，但是表面上很顽固。我们把这个团体弄得风风火火，他功不可没，他是创始人之一。他在成立会上朗诵了一首《麦田的守望》，题目还是我改的，感动了许多人。

我说，你因这首诗而名了。他说，那得是我今后就是名人了，你找我签名不。我说，签，递过本子，我们哈哈大笑。

四年前的冬天，他从山东业务回来就说身体不好，几次约他出来一起吃饭，他都懒散的说不想动，我劝他去医院他说过几天再说。过罢年初十我从老家回来让他去单位，他说身体疼困不想去。我让他立即去医院，他不想去，说他不知道去医院都看些什么，说你陪着我去。

那一天我陪着他去了医院，做了 B 超就不好，医生让住院，血化验还没出来，我看见医生严肃的样子，就赶紧让张弢兄拉他去了八院，下午我取了单子果然验证了 B 超结果。医生说，再迟来几天就彻底晚了。

他住进医院的日子，文友们捐了数万元，有人还把他的诗歌编成一本精美册子，他很高兴。

后来他回家休养了，开始还有人去看望他，时间久了，就渐渐淡出了大家的视野。

我和在家顾他后事的他姐夫通了话，知道一切从简，也不举行仪式。但是我决定还是要写一篇祭文，因为我曾经答应过他，尽管是开玩笑。哪怕不读，我决定在他灵前烧了它。

我竟然用了一个早上加上午才勉强完成了它。六点钟我就坐在床上开头，竟然几次想罢手，心里低沉到了极点。眼泪不自觉就涌上来，湿了被角。

我发了个消息，文友们自觉一起前往。

到了现场，果然异常冷清，本来灵前烧了香就算完了。张弢兄说咱们自己举行个送别仪式吧。

他做主持，我就在灵前念了我写的祭文，我抚棺失声，文友们也是唏嘘不已。虽然过去数月，我依然不忍回顾当时。

那天，虽然刮着春风，却异常的冷，还似乎飘着几丝雨。

我时常想提笔再写点什么，却一直不能，今天写出来一点点，也是为了忘却的纪念。就如那天走的时候，我念了数遍往生咒，希望他一路好走。

我知道，世间从此无胜利，我也要试图将他忘却了。

心病

娘一年多没到我这里来了，住在老家，一个人。虽然有哥哥姐姐在，都离得不远，可想想，她老人家一个人过，还是孤单。

我回老家每叫她来，她总说过几天吧，妻回去叫也如此回答。

我住五楼，娘腿疼，老毛病了，来了不愿下楼，我们一出门，娘像住监牢。

娘在这里，我高兴，娘痛苦。娘在老家，娘高兴，我痛苦。

姐说，只要娘高兴，她愿意就在老家吧。我略释然。

清明前一天我回了一趟老家，一则上上坟，二则看看娘。

吃了一碗娘擀的面，就匆匆要走，明日我要去参加黄帝陵祭祖，下午要去西安报到。

五一的时候，都放了假，我早早打算回去看娘。却并未成行，女儿彤病了，发烧脸肿，是腮腺炎，不能去上学，每天我还得带她去西安敷药。

操心了女儿，就忘了娘，直至五月八日下午，才在群里知道今日是母亲节。母亲节我竟然没能陪母亲，竟然忘了。心里很愧疚，写了一首关于母亲的诗，晚上又删了，觉得没写好。

我看见满博客里、群里都是写母亲的诗文，有的情满云天，可觉得虚，我所写实，遭到网友批评。关于母亲的文章，风花雪月，矫情的，我做不来。更觉得不是一句愧疚，一首诗就打发得了的。

日子浑噩，身体这几日也不爽，单位让出差都好一阵子了，一直就这么懒散的拖着，我觉得应该去办办业务了。下午便买了票，说啥也得明天就出去，日子一天天浪费，事还得做的。只是没有回家看看老娘，我想赶紧完了此行，回家看娘。

买了票，便同几位朋友在一起喝茶聊天。妻子打电话问啥时候回来，娘来了。

我只是嗯着，没听清楚，聊了一会，觉得须证实一下，给家打了个电话，是娘接的，才确定真是娘来了。

朋友聊天，也不尽是闲话，加之不知怎的，心情突然沉落，郁闷得很。

也许是因为娘来了，我还不能爽爽快快脱身，也许是怨我怎么就一时心勇，今日就买了明日走的火车票。

吃完晚饭，我就快马加鞭，紧走快赶，回到家却已是晚上快十点了。娘睡的早，有早睡早起的习惯。

开了门，直进了娘的房间，娘并没有睡着，也许是等着他的儿子呢。和娘坐了一会，已近十一点，我让娘睡，并说了今日已买了票的遗憾，娘说，买了你就走，我好着呢。

我出门时，娘还是一如既往的让我照顾好自己，繁琐而啰嗦，我一如既往的说知道了。

火车上，窗外是秦岭的青山秀水，郁郁葱葱，烟云缭绕，而我却打不起精神。

趴在桌上，写下了一段文字，才在心里稍稍松了一口气，胸口也不那么堵得慌了。

儿对娘一辈子都是愧疚，娘对儿一辈子都是包容。

山梁上一会儿斑驳，一会儿郁葱，一会秃，一会瀑，花虫鸟鱼，涧谷沟壑，纵横交错，莫不被大山所包容。这让我似乎明白了什么。

窗，挂南山

晨，若拉开窗帘，便见一座山挂在窗外，或是清晰或是朦胧，自然喜悦心头。山是终南山，如果看不见了，那必是阴天或者雨天，最醉人的是雨后初霁，山岚缭绕，云山雾罩，蔚为壮观。若果你想亲近它，驱车向南十五分钟，便到了它的跟前，凭窗欣赏着的画，如今你到了画的跟前，走进去，你也就成了画。你变成了一棵树，湮没于林海中，被人欣赏。

被人欣赏的过程，你才知道，你原来如此渺小，渺小的只是一颗树或者一棵草。在人群中你常常忘记了，你觉得你是行的，证明给人看，所以经常疲惫。其实欣赏一幅画或被欣赏都是幸福的，那怕你仅仅拥有一座这样的窗。

有朋友总埋怨他住的地方吵杂狭小，一日我去造访，爬上昏暗的楼梯，敲开门，屋里倒也整齐，八十多平方确实显得拥挤，阳台也不大，被杂物堆得严严实实，窗帘半掩，室内光线不好。朋友埋怨着给我沏茶，我踮起脚拉开窗帘，室里亮了一点，然而远处终南山尽收眼底，刚下过雨，云蒸霞蔚，多美的一幅山水画。我说你这里真美呀，可以有一副山水常挂窗前，你真幸福，为何不自知。朋友望了望，说你一说还真不错，我还准备卖了这座房子，看来即使卖这也是个卖点呢。我说这么好的地方，把阳台收拾一下，摆一张小桌，品茶观山，美得很呢。

过了一阵子，朋友再邀，我忙，又邀，我便再一次去，敲门，开门但见朋友爽朗的笑，刚进门，友便说你看有何变化？我环视一圈，甚是惊讶，屋里干净整洁，尤其阳台收拾得洁净而别致，一张小茶几，几个小凳子，一盆发财树偎在桌旁，一盆婆娑叶子的吊兰挂在窗子棂上，茶几上还摆着一盆小文竹，还有几盆叫不上名字的花喜悦着人的眼。连窗帘也换了蓝色竹子图案的，窗外，终南山若隐若现，恬静得像一位少女。真是大变了模样，我很惊异。朋友说，都是你的功劳，茶已泡好，品茶览山，做一回雅士。茶是明前毛尖，一颗颗在玻璃杯里起起伏伏，南山飘飘渺渺，都进入口里了。

其实温馨就是这么简单，朋友起先不知，我自己也时常混沌，浮于尘间泯顽难化，故也去访一些修行的人，每见一位智者，便得一些开悟。

我的房子没有这么幸运，因而艳羡。偶尔在朋友处见到这样的佳境，便频频瞭望，恋恋不舍。其实我原先的房子倒是可以一览凤栖山，说山其实乃土塬，塬上春耕秋收，不出城市便知时分。只是后来嫌母亲来时她腿脚不方便又是五楼便搬了住处。

张学良一生豁达，被幽禁十余年，然而居所处在山脚，每日种菜养鸡，河边垂钓，虽属无奈，却放开胸怀享受山林之乐，闲来和赵四小姐悠然散步，品味寂寞。被限制自由半个多世纪却以一百零一岁高龄而终。

北宋苏轼《于潜僧绿筠轩》曰：宁可食无肉，不可居无竹。无肉令人瘦，无竹令人俗。人瘦尚可肥，士俗不可医。为何我们居在城市羡慕乡村，住在乡下又向往城市。欲望使然，遮蔽了发现的眼。

如今食无肉几乎不可能，除非刻意吃素，那么食有肉居有竹或者窗外有一片林子，一汪水潭，还是可求的。

即使无，也要心中有山，有水，有风景，只有心中有，自然景无边。

读书净土，闭门深山。

我们还要学学开发商的境界，地段偏僻叫做远离闹市喧嚣，尽享静谧人生；郊区城边那是回归自然，享受田园风光；紧邻闹市叫坐拥城市繁华；挨着臭水沟唤作绝版水岸名邸；挖个水潭子就是东方威尼斯，演绎浪漫风情；边上五里有家学校叫做浓厚人文学术氛围。尽管如此，这种教人享受生活的态度还是良好的。要不怎么会一座座楼房不长时间就已售罄，难道都是傻子，每一个人心中都有一个点，看上了某个点，就甘愿拥有，爱情有时也就这么简单，一点温馨，成就一生。

享受心中的净土，何处不挂山。有一个朋友，租了一个黑咕隆咚的房子，他让人画了一扇窗子，窗外一轮弯月，数枝竹影，他很幸福，夜夜在月光中入梦。

明心的情人

今天是情人节哦，祝明心情人节快乐！

明心有没有情人，我不知道，还真的不知道。

这个问题么，应该交给他老婆。

注意观察他今天的动向，和流露的蛛丝马迹

情人的问题，先放一边。

说说他收的弟子吧。

搁古代，明心也可以称为大贤了。孔子有七十二贤。明心弟子不低于七十二，何况孔子传道授业答疑解惑，他没有做到授业。受人以鱼不如授人以渔，明心授以塬技，这一点比仲尼强。

明天诸位见了明心要叫大师，我已经在很久以前就叫了，尽管他谦虚，不让叫。我那时就有先见之明，是吧。

不过，他多半情况下，不以为然。你叫你的，他不理他的。

有点绕远了。

今天说的是情人。

就从赴宴说起吧。每去赴一些宴，主人面露醺色，得意而怯怯地问：左老师，拿埙着么。

忘了告诉你，明心姓左。

明心微微一笑，慢吞吞夹完一口菜，咽罢才又慢吞吞说，当然，这是我的情人么。

然后他手伸进大衣口袋，变魔术般掏出一个布袋，慢悠悠拉开口袋绳扣，从里面掏出一枚埙。夏天，没有大衣裹不住，肯定会背个包包，包包里肯定有埙。

然后有一番开场白。这是我的情人，不敢慢待，在贴胸处，挨心脏最近处。没有这，我也不会被邀请到宴席，混一口饭吃，全凭它，是我的宝贝。

然后举着它，说，这个叫埙。子弹头埙，冯氏埙。或者有时候举着一个异状的，这个叫牛头埙，阴氏埙。贾平凹《废都》让埙得到了更多人知道，唐婉儿的丈夫周敏在城墙根吹了一首很幽怨的曲子。

此后埙就出了名。

有人默默点头，有人惊讶，这就是埙，有人读（允），特别是女人，漂亮的哪一种，还要摸摸，哇，好神奇啊。

这时，明心会心一笑，讲起了埙的历史，从蓝田人半坡人讲起，许多人第一次了解，佩服得不得了。

尤其哪些漂亮的美女，跟着要学。明心的众弟子中那些女弟子有些个就是这么来的。

近几年他拒收女弟子，很严肃的拒收。这个是真的，到让我掂量我的不严肃了。

明心先抚摸一番，热热埙，然后一曲《风竹》或者《追梦》，或者通俗一点的，譬如《送你一个长安》《扫塔》《枉凝眉》，视情况而异。

160

吹完，余音绕梁，掌声如雷。当然在一个小室，鼓起来，动静够大的。

明心不喜欢和我一起，一是我听了无数遍，听得都不鼓掌了，没有配合。有女子这时候发哆，他瞟我一眼，怕我说他有多少女弟子。

其实，伙计，我还是蛮配合的，这时候，我一般不言传，只是呵呵。

听明心埙一曲久矣，闭目，一般起个头，我这个乐盲也知道是什么曲子了。明心吹埙，如果在一雅室，封闭严实一点，胜若有音响，那埙音悠远绵长的绕着屋子盘旋，若燃一支烟，一口缓缓吸入，又悠悠吐出，身体的毛孔温暖而舒展的打开，是一份恣意，是一份享受。

少陵塬文韵浑厚，终南埙舍就在朱坡半原上。明心在上面面对悠悠樊川而吹，面对巍峨终南山而吹，修心养性，沏茶会友，从原来的秦石转变为明心，是一次见性的过程。

人只有内心澄明，身体才会轻松自由，才会慧达，明心之所以语言幽默风趣，我想，这座原，那座山，还有底下那座川，那承载着千古悠悠事的潏河，都有着不可分的关系。

人不自觉的汲取大自然的信息，转化为自己的场能，达到一个互通，然后释放给社会。

记得曾经在一次酒后，有文友不小心因喜爱而失手打碎了一只埙，让他心疼了好一阵子。

明心视埙如生命，总是小心翼翼地拿出来，展示不忘给别人说小心。他说，不仅仅是因为贵，是因为有感情了。

埙就是他的小心肝，就是他的情人。

在情人节这天，我也写一点文字，送给他，祝他和他的情人，情人节快乐！也祝有情人没有情人的有情人节日快乐。

在有情的世界里，能和喜欢的人和事有一段长情，也是孽缘吧。

就让你我一起，修行在这有情世界里。

你仔细看看，埙蹲起来难道不像一尊佛吗?

懒得进城

韦曲尽管和西安早没有了分界线，已严严实实包裹在西安城区了，也算是城了，可习惯上还是把到西安叫进城。

或者，在周边人心里，城墙里面才算真的城吧。又或者最近若干年南郊人认为小寨以内就是城，而北郊人把龙首以内，东郊人把韩森寨以内，西郊人把土门以内在某种意义上承认是城一样吧。

礼拜天一大早，有友在微信里唤，进城走。说是有一场画展。

窗外吧嗒着雨声，从昨夜一直到清晨。我还窝在被窝里，这在我，一年难得几回，因此懒得进城。

滴雨的日子适合蜗居，适合睡觉，当然也适合看书。

不知怎的，这几年越来越喜欢向南，向南有南山，有峪有沟，有花有草，有水有云。

一进山，人就欢快喜悦起来。兴许是因人是猴子变的吧，要不怎么对山对水这么有感情。

一直期盼有一座房子，推窗挂山，山是你的画，画中有无限向往和

162

遐思，云笼着山，山住着仙。

一直更期盼，山里有一座房子，与山为伍，你也是画，能在画中游。

城里举办画展，而我却向往山，有时也想，为何就不能在山里举办画展，画里有画，山中有山，哪怕只为知己而展。

当然这样的想法，让举办的人可笑。

可笑归可笑，也不是只是因悦山悦水而不愿进城。城里驻个车都难，更难的是人和人裹着面具，撕下它说几句心窝话都不易。不愿意勉强，那就逃离。看着小寨天桥挤的实实囊囊的人流我就胆怯。

城市被钢筋水泥包裹着，而霓虹恰是水泥的外衣，我们被灯红酒绿醉着，不想醒。

天若果暗着，有乌云压顶。城市就像一座闷着捂着的大屋子，人无形感到压抑、沉闷甚至颓废。

憋着一口气，直到南横线你才能舒坦些

窗外依然滴吧，秋意渐浓。想必山里红叶该透红了吧，也想必观音禅寺的大银杏树叶子黄了吧，还有有朋友发来天池寺大片的芦苇白似雪，大岭美丽的云海掩映的秋色都那么让人陶醉。天晴了，一定要去看看。

懒得进城，就这样窝在家里，干一点自己想干的事或者什么也不干。

城里的好朋友有和我一样的吧，如果不能易然出一趟城，那至少在心中有一座山也蛮好的。

就像每个人都有座灵塔，在你心里，不管你承认不承认。

窗外雨滴依然滴吧。

大府井野桃花，花谢花飞漫古城

刚进三月，大府井就已经是桃红如烟了。敏敏郡主，你还好吧。

很抱歉，让你消停了六百年之后，是我打扰了你。

要怪就怪这片野桃花吧，是它唤醒了我的记忆，让你从《倚天屠龙记》的虚幻中化作历史的残片在大府井这地方生根发芽并花飞满城春。

谁叫小说中有个汝阳王呢，谁叫汝阳王有个冰雪聪明古灵精怪的女儿赵敏呢，也谁叫金庸笔下的汝阳王的原型就是历史上的真人王保保呢。

三四年前的春天，那天天气有点阴郁。我正在电脑前煲文字，接到韦曲文化站韩站长的电话，说出去转转，带你去看一片花。

在电脑前呆久了，思想也不灵光，心情也因文章的内容郁郁的，出去散散心也好，我坐上他的车在思忖，哪来这么早的花啊，除非南山上。

当我看到围绕着"天下第一藩"的秦藩王朱樉墓一圈子的这一片浩若烟云的花海时，我还是被震撼了。

不经意间的一片因开发占地而种植的野桃树，在近两年怒放了，却鲜为人知。

这让朱橚很不爽，这位曾经威震天下的一方之主竟然默默无闻了几百年，曾经后宫佳人无尽做鬼也风流的他，几百年后依然花下风流，却不为人知。

大府井村村长书记说给韩站长，他是搞文化宣传的，也给大府井宣传宣传么。每天寥寥数人，枉了这一片花。

韩站长喜欢摄影，当然他对事物的嗅觉也非常灵敏，他可能觉得就是缺一个故事点。

看着韩站长利索的顺着电杆的把手爬上五六米高处，快速按动着快门。

此时的我被这一片花海惊艳着，心里觉得这片花海一定能成为古城西安的亮点。

因为它具备这几个要素 一是春天开花最早，三月初，离王莽桃花还有将近一个月；二是离城最近，大府井离长安韦曲五六里路，离西安也就是十公里；三是交通方便，位于雁引路上，而且就在路边上。

但是去年花也开了，为什么没有人来，没有火起来呢？就是缺乏一个引爆点。

我在脑海中旋转着记忆，关于朱橚，关于这几座陪葬墓，一定会有着有趣的事儿。

想必你一定看过金庸的小说《倚天屠龙记》吧，或者是根据小说拍的电视剧吧，里面那个模样俊俏，刁钻任性的女子敏敏郡主你一定记得，她在书中叫赵敏，胡名敏敏特穆尔。

我就喜欢电视剧里的那个赵敏，甚至还喜欢上了她的扮演者贾静雯，有的人还喜欢其它版本的张敏或者黎姿呢。

那么历史中的敏敏郡主到底是怎么一回事呢。

要知道这些，就让我们走进明朝建立之初那段铁马兵戈的岁月。

前面提到的那个王保保，胡名扩廓帖木儿。他是为保卫元王朝效命的地区性领袖，封为颖川王，书中叫作汝阳王。明王朝建国后用了整整四年才打败了王保保。朱元璋曾盛赞王保保是"天下奇男子"，"元朝最后一个真男人"。明王朝打败王保保虽然颇费了力气，而王保保却因此受到了尊重。王保保有个妹妹王氏，冰雪聪明。兄长兵败她也被俘了，随后被朱元璋赐配给他的次子秦王朱樉，这就是小说中赵敏的原型。

朱樉死后葬在大府井，他的陵墓就是这一片花海中最大的那一座。

其实嫁给朱樉是个悲剧，郡主遭到邓妃的嫉妒，被打入了冷宫。直到朱樉被毒死宫里正妃王氏也就是赵敏的原型和偏妃邓妃一同被朱元璋下旨陪葬了秦王，就在这一片花海中。

桃花带泪更加迷人，细细的雨丝让成片的桃花林更加婆娑迷离，烟霞似波，让一连串的墓茔笼上神秘。失去了墓碑，在这几座陪葬墓中那一座才是郡主的？

当然，这个故事有些牵强，但是我说出来时，村长他们还是感到不可思议和新奇。

上午看的花，下午五点文章写就，标题为《微雨花海中，寻找敏敏郡主墓》，连同韩站长的精美照片，给了"家在长安""爱长安"自媒体平台，分别与当晚和第二天早上发出来了，

次日，就有数百人去看这片花海，沉寂静默了六百年的大府井的秦王朱樉再一次被人们从历史中翻起。

西安电视台都市快报栏目做了采访，当天晚上就报道了、华商报记者还用无人机拍照，并于次日进行了报道。

第四天的时候，大府井村要的效应来了，数千人蜂拥而来。村长书记在我们的建议下开辟了停车场，放置了垃圾箱，设立了村维持秩序指挥部。

因为明天就是周末，我们预想着周六周日会有上万人。

可是我们错了，当天不是上万人，而是三四万人。这下可坏了，虽

然韦曲街办和大府井村有预案，还是超出了想象。

两天的火爆，让古城为之动容，那片花红烟海充斥了手机。

以至于花后来谢了若干天，还有人来寻找敏敏郡主墓，风头过了朱樉。

花谢花飞花满天，事后我和韩站长以及自媒体还有村上为之自豪了好一阵子。村长书记也让我写大府井发展计划，还做了景区规划图，我把这里设想成少陵塬明文化古镇，建立藩王陵遗址公园。

据说村长跑了好一阵子，换来了一点治理环境的费用并没有实际结果，只是次年，朱樉墓前的石人石马被铁栅栏护了起来，也算是落实的好事。

如今，大府井已经不需要宣传了，自然而然游人就已经蜂拥而至。街道办以及村上生怕人太多，他们又不得安生了。

还记得那年媒体采访我时，我讲述着朱樉和少陵塬的故事，历史打马而去，我们落地成殇。

我们其实都是大府井的过客，朱樉依旧是这里的主人，还有那片花海在每年春天来临之时，成为古城人最早最为之动容的故事。

今年已经是第四个年头了，又是花海来袭，我却望而却步，不敢去大府井，希望这一切，朱樉和他的妃子以及陪葬的还有其它的墓主人不要责怪我。

六百多年过去了，朱樉啊，很抱歉打扰了你们的沉寂。

由此也给了大府井村民无限的希望，大府井一定会有绽放的那一天。

据说当年对面的农家乐一天接待超过五千人，这是他们从没有的事情。

什么事都有好有坏，唯愿能起到保护遗迹的一些作用，也能够让老百姓得到实惠，就不枉我们共同的努力了。

一路山歌

——商州记行

一

不到张村，你不知张村是个镇，还是个牡丹镇。

不到王那，你不知王那不是个人，是个村。

当然还有，不到王那，你不知真元山庄的风雅和静幽。

真元山庄是孙见喜先生在商州的老家宅子。

王那是他故乡的村。

此时，你一下子就明白他的笔名王娜的来历了吧，你也许就笑了，原来孙老的心中有着一个娜娜哦。

二

女诗人孙小群牵了一根线，风筝就飞了。

搭载着两对夫妻，明心和我。

明心是个幽默的人，边开车边编织笑话，他的笑话少不了编织我，我也是个二重奏，接引自如，饶不了他。所以一路欢歌笑语，在青山峻岭中穿行，有溪水和山风做伴，当然还有三个女人。

在白鹿原影视城环山路段耽搁了一会儿，一进山，郁闷的心情被风一吹，就散了。迟已迟了，索性来一碗黑龙口的老豆腐，这儿的老豆腐很有名的，筋筋的，却又嫩嫩的，一点没有其他地方老豆腐的涩味。让人吃一回就记住了它的好，也许，它的美名还因了黑龙口这个黑煞的地名，未可知。

这种味让我记忆又回到了二十多年前。那些年我常出差，去南阳或者襄樊，大巴回返西安，黑龙口是最后一站停靠地。除过嘘嘘之外，吃一碗热豆腐，成了一种享受，我知道吃完就要到家了。

一路上孙夫人和小群通着话，关心我们的行程，嘱咐不要着急，已经晚了，开慢点，注意安全。如此有耐心，如沐山风。山外已经闻见夏天的味道了，山沟里却还是刚刚春天。

三

为等我们，孙老被拽在商州友人处 一时脱不了身。孙夫人马俪女士等在路边，她执意拒绝我们让她先回，我们导航过去的意见，说不好找的，她要领着我们。

见面真诚的寒嘘就让我心里暖暖的。

169

马老师的车在前面，我们不急不缓地跟着她，一路向东，然而拐进张村，我就迷了方向，果然不容易。

一路已近尾声的大片牡丹花丛，偶然几朵白色的花，花片在风中摇曳，并不富贵的模样，却一副婀娜，香气弥漫在空气里，连同飘着的鸡粪味，是那么的分明，皱皱眉，却不反感，似乎还有一种亲亲的味道。

四

真元山庄在村子的丁头，挨着山。

门头在照片里见过，也不算陌生。看着蛮气势，在村子里鹤立鸡群。

马老师说，村子里的年轻人都出去了，有的在城里买了房，村子几乎成了空村，只留下了老房和老人。

进了门，里面林木茂密，鸟语花香。

我迫不及待的探秘，竟然曲径通幽，别有洞天。

水池里的红鲤自在的游戏，头顶的樱桃已有红的意思了。杏子结的密密匝匝，似乎风一吹，就会掉下几颗。木瓜尚小，长的像梨，让我分辨了半天。顺着篱笆小径向里是一座亭子，亭子旁的黄玫瑰开得正娇艳，和楼房前的一簇红玫瑰相呼应。柿子树刚刚有了蒂，核桃树缀满了絮儿。这时不是桂花的季节，所以被槐花的香味夺了魁。

青翠的竹子是满院子的风骨，在蔷薇的衬托下更加显得飘逸飒爽。

打开后门，竟然还有一处小操场，虽是孙老的私地，却开放着，一些小孩子常来这里打篮球。

操场后就是土山，一垄垄的菜园和牡丹还有灌木丛伸向高处，让人想爬上去，听听远山的呼唤。

五

这是一座三层小洋楼。

一层是客厅，餐厅。

三楼是书房琴房，二楼是下榻的地方。

三楼还伸出一个阳台，可以看着村子的现代建筑和老房子的疮痍，思绪随着远山而去。

说是书房，其实也是孙老的小型博物馆。有木雕，有旧籍，有字画，还有琴箫。

一个吹箫，一个弹琴，竹风相伴，近山为邻，碧海潮生，落英神剑，笑傲江湖。

难怪马老师从里到外的热情、大方和洒脱。

在我们的期许下，马老师弹了一曲《梅花三弄》，虽然没有断肠，却也如泣如诉。

加之明心的一曲埙乐，让几个人又一番追梦。

这时孙老也回来了。

六

六点钟，我就被鸟儿的叫声唤醒。

明心的媳妇是一只早起的鸟儿。

早早就在厨房里忙活了。

吃罢早餐，孙老师要带我们去转山。

一路在山水间穿行，清风徐徐，温凉刚好。

惹眼的牡丹和满山的槐花让人陶醉。

和山民的聊天充满意趣，他们的生活有苦也有甜，山风让他们的年龄褶皱在脸上，洋溢的笑容却真诚而无奈。

站在一座山垴，看着重重叠叠的山峦。心自然就被撑大了，有一份莫名的感动。

当然感动的还有孙老的幽默，更有马骊女士的善良开朗真诚。

人应该常常沐一会山风或者海风。风里有着包容，有着激动后的冷静。

七

是宴席终究要散。我们是在吃了一回山里的凉鱼和面皮之后分的手，有些依依。

我们还要和在后面车里的马老师道别，孙老幽默地说，去吧，挥泪一下。

车分东西，我们来到了棣花。

棣花过去因古道驿站而著称。棣花现在却以贾平凹故里而驰名。

宋金边城，棣花驿站，就是这样打造出来的。

去过袁家村，就能想象这里的情形。

不一样的，棣花驿站，白居易路过了七回，李白杜甫都在这儿歇过脚。

贾平凹文学馆就在新街的中间左边高台上。故居已然焕然一新，只不过还是老宅的底滩。

感慨平凹先生的文学馆有些简单粗糙，也欣慰人在活着就有了自己的馆，贾平凹应该骄傲。这一座古镇让很多人因此富裕起来，这是贾平凹的功劳，当然，也是这里深厚的历史底蕴，孕育了老贾。

坐在湖上的长廊里，听着剧院里传来宋金兵士厮杀的声音，还有震耳的炮声，随着散场的人流也渐渐散去。

我们就在一场梦幻中离开了棣花，离开了商洛。

八

秦岭是中国大地上一座神山。

商山微不足道，微不足道的商山不仅仅有商山四皓。

有商鞅、有贾平凹、有方英文、孙见喜、有樵夫、有僧人、还有红男绿女。

有一个村子，叫王那。

王那有一所庄园，叫真元山庄。

朱坡回望

朱坡是城南樊川通向少陵塬上的主要途径之一，因坡顶有朱坡村而得名。上塬的道路斗折蛇行，两边树林茂密，郁郁葱葱。

朱坡村很小，不甚起眼。但说到这里是汉成帝时丞相朱博的故里，不免会让人多看几眼，沉思一番。

朱博是一位侠义耿直的官，颇有好名，今天村子里却没有了他的任何遗迹，只留下了传说，让人唏嘘。

朱坡顶塬畔，确是绝妙处。站在此处遥望终南，直对苍茫神禾塬，俯视繁花锦簇的樊川，近傍华严名寺，心中逸情顿生，如，鸟鱼之得山水无拘无束，自由自在。古刹钟声悠悠，入静求空，不用理会人世间的喧嚣纷扰。

一千二百年前的杜牧，又一次登临朱坡。他无限慨伤，暮春的季节，红花飘零，顺着窄窄的小巷，苔藓青青铺满地，村庄在炊烟和薄蔼中有些影影绰绰。

司马村的祖先坟茔杜牧去了不止一回。这次从南方回来，却过了清明时节，但是他觉得还是要祭一回祖先的，司马村埋着他的父亲祖父以及列祖列宗，比起他的祖先来，杜牧觉得惭愧，从坟茔中随便站出来一位，不是宰相就是御史，而他空有一腔抱负，难以施展。

"房谋杜断"的杜如晦，写过史书《通典》的祖父杜佑都是宰相，这让他惭愧。

小的时候他就生活在爷爷的别业林亭里。林亭轩台水榭，泉水叮咚，还有冰窖两座，是城南诸多别业中最美的。父亲杜从郁是祖父杜佑的第三子，杜牧在家族中排行十三，人称"杜十三"。

后来父亲在爷爷庄园的对面滈河边上神禾塬之畔有了自己的瓜州别业。有人说那是他在门前的菜园种瓜种豆，又临着水，所以叫瓜州别业。

其实那是因为祖父在瓜州那地方做过几年官，父亲小时候就在那里留下了深刻的童年记忆，所以才取名瓜州别业以为纪念。

杜牧记得每一次祭祖，他都要在爷爷的庄园里和其他兄弟姊妹汇合一起，然后才顺着朱坡上到少陵塬司马村祖茔去祭拜。

祭拜完又顺着朱坡回来，回来路上他有时站在塬畔望着阡陌纵横花团锦簇的樊川，以及对面苍茫的神禾塬还有隐隐的终南山，或者在祖父的林亭里听着汩汩的流水，就心生惆怅。

这些年，犹如一觉扬州梦。杜牧觉得自己真的是老了。他做人的书记官，做幕僚，直到做刺史，一切都是浮云。

23岁时一篇《阿房宫赋》惊艳天下人。26岁进士及第，开始了仕途。风华年纪，风发意气，他对军事颇感兴趣，写了十三篇《孙子注解》，还写了《兵论》等。他还主张削藩复疆。他在《上李中丞书》中说读书就要"治乱兴亡之迹，财赋甲兵之事；地形之险易远近，古人之长短得失"。然而愿望与现实相差甚远，一腔热血无法实现。继而才逸情山水，放浪酒色间。

他的足迹踏遍江南青楼，常常宿醉不归，"十年一觉扬州梦，赢得青楼薄幸名"。诗名和李商隐齐名，人称"小李杜"。

不管是"一骑红尘妃子笑，无人知是荔枝来"的借史讽今，还是"东风不与周郎便，铜雀春深锁二乔"。这些史诗使后来许多诗人争相效仿。

他的抒情写景的诗也极具艺术。

"千里莺啼绿映红，水村山郭酒旗风；南朝四百八十寺，多少楼台烟雨中。""商女不知亡国恨，隔江犹唱后庭花"；还有"停车坐爱枫林晚，霜叶红于二月花。"都是神来之笔，还有那首脍炙人口的《清明》更是经典之作。

这时的杜牧顾盼生辉，举手投足都风情万种，正是人生得意之时。一天他和几位友人游曲江寺院，遇见一位打坐的僧人，僧人问他姓名，他得意地说了出来。

谁知僧人没有一点吃惊之色，居然问他从事什么职业，全然不知杜

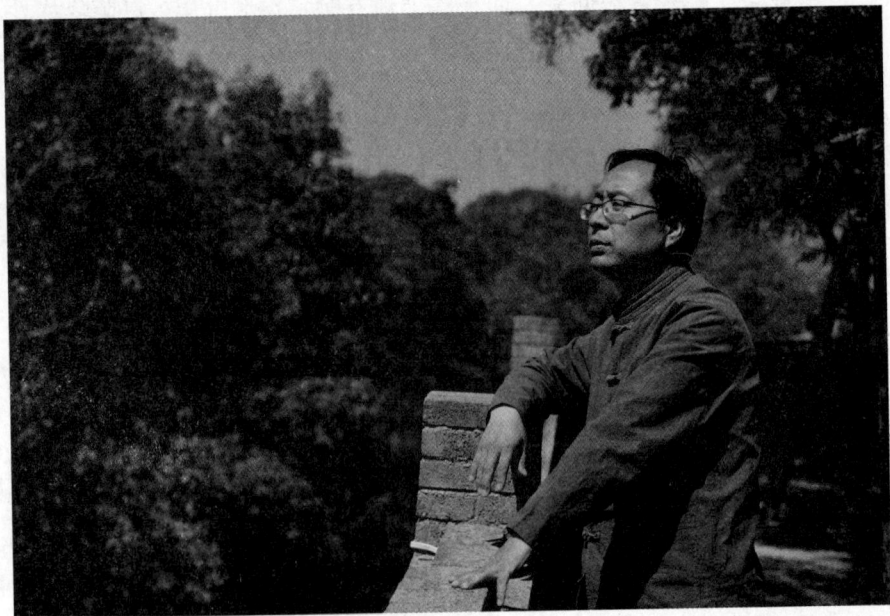

牧乃何人，让他非常的感慨，即赋诗一首。家住城南杜曲旁，两枝仙桂一时芳，老僧却未知名姓，始觉空门气味长。虽然这是一首自嘲诗，却让自己在空色间有了重新的认识。世事犹如一场梦幻，如露也如电。

加之官场的明争暗斗，自己裹挟其中，风发义气渐渐失却，许多事上如缩头乌龟，这次省亲让他不想再回到江南，自己也想在京城侍奉君王，却也并不能如愿。看着荒芜的朱坡祖父的林亭，望着薄暮下的村庄，不仅惆怅万分。

他感慨汉代的贾谊，被贬长沙，而人家仅是一年有余，就回到了京城，而他长期遭贬，沦落江城，望着天朝，回返无期，去路迢遥，就任一波三折，几番更换牒书，他已经疲惫不堪，也心灰意冷，实在不想再去江南了，站在瓜州别业，门前的池塘挨着神禾塬，塬那边就是汉武帝时的王渠，现在已经叫做王曲了，那依然是皇家园林所在。家乡从来没有让他如此留恋，不禁万般感怀。

故国池塘倚御渠，江城三诏换鱼书。

贾生辞赋恨流落，只向长沙住岁馀。

烟深苔巷唱樵儿，花落寒轻倦客归。

藤岸竹洲相掩映，满池春雨鹏鹕飞。

乳肥春洞生鹅管，沼避回岩势犬牙。

自笑卷怀头角缩，归盘烟磴恰如蜗。

他一声长叹，明天，或者后天，就不得不上路了，江南路迢迢，何时归故乡。

少陵塬上说往生

这两日，先是李咏走了，接着金庸走了，人有些落落的。

秋风萧萧，黄叶纷纷，我又一次踏寻在少陵塬上，在东兆余和高望堆寻觅了半天，么么找见《城南游记》里说的萧望之墓，乃至据说刚刚在某个工地挖出的郭子仪家族墓几十座，渴望发现个蛛丝马迹。可是却令我非常失望，他们就这样人为的消失的无影无踪。

村子里传来一阵哀乐，在秋天里显得有些婉丽。

似乎也为这被拆成支零破碎的村庄送葬。要不了多久，在钢筋混凝土的丛林里，我们的村庄在哪里，这里曾经埋葬的那些名人在哪里，我只有在心里默默祈祷，让先人原谅。

心里骤然沉了下来，一阵悲哀，也许是为那哀乐里逝去的不知名姓的村人。

人过四十以后，耳里听的眼里见的或年轻或年长猝然离世的消息遽然多起来，往火葬场去的时候也多了。先前不觉得，这两年尤甚。能去的都是些亲戚或者有些瓜葛的。看不得送别者瞻仰完遗容后至亲哭成一

178

片的情景，我这个人拿得住，尽力压抑，可鼻子一酸，眼泪便不自觉溢出，阵阵哽咽。

许多人感情并不深，也不足我为之痛哭。但还是看不得白发人送黑发人，看不得老伴在最后时分即将从此阴阳两重天的哀伤，看不得子女声彻心肺的嚎啕，甚至看不得无感情夫妻最后那个被孤零零抛却至另个一个世界人的凄凉，看不得不孝子女唱戏文般的干嚎。

情感就是那么不堪一击，在这最后关头。

这一走，就如一阵风掠过，灯灭了，灭了，就再也点不着。

幸与不幸、哀与乐、贫与富从此没有了区分。再也不必为此而煎熬，为此而受累，为此而折磨与被折磨。

父亲去的那年，我才十岁。觉得他像出远门一样，还会回来的，还没让我彻底悲伤。结果，几十年也没见他回来，我才随着年龄不断地增加感到这种逝去不可追。没有父亲的日子里，我的肩膀是那么的羸弱，同时又不得不学着坚强。

妗子的离去是在她年仅三十二岁的儿子涛离去半年多离去的。表弟离开时我没有得到通知，而当我站在已处于迷离中的妗子面前时，舅父在对着她说我来了时，分明她的嘴角在动，说着听不清的言语，她是知道的。望着她已完全变形的脸，已再也不是往日那个始终一脸笑容，爽利勤快的舅母，我顿时泪作倾盆，赶紧跑出去。妗子死不瞑目，有太多的遗憾和不甘，一切留给了本不该如此苍老的舅父。另一个国度里，她和她的儿子要团聚了，不至于太孤单。

表哥是个隐忍的人，人长得很帅气。几十年的病加之几十年婚姻的痛没有压垮他，他见人总是一副笑脸，快步爽利给人保持这样一种影像直到听说他竟去了，三年里，始终瞒着他的母亲也就是我八十余岁的姑母，在他三周年那天，我竟仍不相信他已真的去了，他的笑脸始终萦绕在我的眼前。没多久在他儿子的婚礼上，我才泪流满面。表哥，你可以放心，你的儿子成家了，场面气势宏大，郎才女貌，儿子脸上的笑容遗传着你的基因，就凭这一点，你可以安心。

九十岁去世的堂伯葬礼上，我未滴一滴泪。我认为伯父是寿星，他辛劳做木匠的一生，口碑很好，无疾而去，就是一种往生。然而当这个大家族近百个孝子齐刷刷跪下时，我却泪流了下来。堂伯，你不枉此生！

十多年前，有这么一段经历。生意场上的朋友本无多少深情。然而听说与我相交仅仅一年多而颇相知的双喜兄猝然而去时，我被深深地震惊。几日前还在一起吃饭，他还指着一位女的说，你看我新认识的舞伴漂亮不？他爱跳舞，新近认识了一个同样爱跳舞的舞伴，女伴说他人实在，非他不跳。谁知就在我离开这儿仅仅几天就撒手人寰，据说是中午陪客户喝了一点酒，吃罢回厂区里到车间视察的路上突感不适，未及到医院就不行了，后来知道是心肌梗塞。他才四十二岁，有一个八九岁的儿子和一个十一二岁的女儿。

没了他，谁会留心我的这点业务，去仓库数还剩多少，通知我提前几日发货，嘱咐工人用好。这不光表现是对我所交代之负责，而且是对他的单位之负责。像这样的人如今真不多，加之我那时候也被病痛折磨，因而听到此消息，我非同寻常的悲痛。

在远方，一千里之外的陕西关中一所乡村的家里，我默默燃起三支烟，放在烟灰缸上，默哀三分钟。老兄，谢了，老兄，一路好走。

如此多的告别，想必此后还有很多，我只有愿生者珍惜当下，逝去的人安息。

少陵塬这样迎来送往的人似乎多得不计其数了，望着明藩王十三陵的石人石马依然端立在黄叶遍地的旷野中，我心里默默祈祷，佛典上说，能接引你去西方往生的，唯有放下万缘，一心念阿弥陀佛。那就燃一柱心香，念三声佛号，给所有与我有瓜葛的逝者，一路好走。

一代帝王的悲秋之作

在秦岭北麓翠微山的山顶有一座坪台，坐落着一座村落，群山环抱，景色秀丽，空气清新，怡人心脾，这就是皇峪寺村。村子约有七十余户，二百多口人，因交通不便，上去的人甚少，所以少了干扰，显得更加静谧。

一到夏日，家家门前果树漫花，山泉自然流淌，每家每户还可以吃到自己种的天然粮食和蔬菜，绿色环保，让山外人甚是艳羡。

秋日，柏木萧然，红叶黄叶遍山，更是另一派景象。然而随着村子搬到山下，这里将要发生很大的变化，据说要恢复昔日的模样。

昔日到底什么样子呢？

秋日凝翠岭，凉吹肃离宫。荷疏一盖缺，树冷半帷空。侧阵移鸿影，圆花钉菊丛。搋怀俗尘外，高眺白云中。

这一首《秋日翠微宫》的寄情诗，让后人看到了一位不一样的李世民。

李世民也有叹息的时候，一代帝王，感慨秋日的凄凉，感慨迟暮的年华。

翠微宫，原名太和宫，是李世民父亲李渊的行宫，建于武德八年，贞观十年（公元 636 年）废弃，贞观二十一（公元 647 年）年唐太宗李世民重修，改名翠微宫。同年五月唐太宗李世民幸驾翠微宫，写下了这首诗。这首诗让人看到了不同的李世民，作为一个人的李世民，没有了叱咤风云，没有挥斥方遒，只是一位儿子，一位丈夫，一位父亲，一位诗人的他。整首诗是一个灰暗的色调，一个"肃"字写出了秋日宫中萧索肃杀的景象，自己把自己的行宫称作离宫，可见他的心情也是郁郁寡欢的。

李世民出生于公元 599，卒于公元 649 年，活了五十岁，这个年龄本来是人生最有经验的年龄，也是该享受天伦之乐的年龄，成为一代帝王，而且是历史上有名的明君，他一生经历的太多，有无数的生生死死，有得意，有失落。要不是南征北战，他更愿成为一名书法家、文学家。他算得上是一位重视文化的帝王了，尤喜书法，与当时著名书法家欧阳询、虞世南、褚遂良、薛稷等多有交往，并常常与之论书。他雅好王羲之书法，广收遗迹，对《兰亭序》推崇备至。且置书学，设书学博士，以书取士。开设文学馆，取贤能之士，在位二十三年，形成了史上闻名的一段盛世贞观之治，后来人说，不差成康，功德兼隆，由汉以来，未之有也。作为人中之龙，可以足慰平生了。

这首诗写于他去世的前两年，可见他虽是叹息终南山的秋景，秋日的凉风让青华山一篇萧瑟，也让整个行宫仿佛凝固在悲凉之中。荷叶也残破衰败了，"菊丛"虽美，但也挽回不了秋的颓废，更加让人伤逝。

作为一个盛世帝王为什么会如此凄伤呢？

或许是源于贞观十年（公元 636 年）也就是前一年长孙皇后的病逝吧。长孙皇后是唐太宗在位时立的唯一的皇后。她出身名门知书达理，既是他的妻子，又是良友，常常提醒他的行为。她为他生下三个皇子四位公主，统治后宫有条有理，与唐太宗李世民感情深厚。是可以叙诉烦恼的妻子、皇后。这样的一位贤妻离他而去，怎能不感伤悲痛呢！才发出了"树冷半帷空"的感叹，感慨枕边人已失，自己面对万里山河的那份孤寂！

加之近来身体一日不如一日，纵使是帝王也不能左右生死，老天是那么的不公，自己还有好多事情为了，再向老天借它五十年，不行的，这世界太公平。

后来人的说法是唐太宗因患痢疾而死，不过也有史家考证，认为李世民的真正死因乃是服食丹药所致，太宗"服胡僧药，遂致暴疾不救"，此说也有其他史料为证，何况唐承魏晋之风，服食丹药很流行，李世民服丹应该确有其事。

不过还有一个原因，史学家还在探究，那就是李世民在贞观 19 年征高丽之战中因中箭受重伤，久治不愈，加之乱食丹药导致身体更加虚弱，遂于三年另八个月之后驾崩了。李世民踌躇满志而去，回来后一直精神不振，随后不几年就驾崩了，就死在了他抒怀的翠微宫。

身体的病痛让他无奈，此刻，平民和帝王是平等的，平民有平民的忧愁快乐，帝王有帝王的烦恼喜乐，一般人只知道李世民是一代英主，开创了中国历史上的大唐盛世，三百年长盛不衰，被历代累世所敬仰，所推崇。对李世民在文学方面的成就却知之甚少了。李世民不仅是一位政治家，还是一位造诣很高的文学家。他的诗赋，意境深远，寓意深刻，语言凝重，思路广阔。

但是就是这样一位千古风流人物，也有自己难以名状的哀忧，李世民也是一位情义皇帝。

面对着青山绿水，面对着大好山河，面对着残阳秋色的翠微宫，英雄迟暮，纵然有青龙白虎的护佑，也是苍天无情，日落西山。

迁坟

村子终于拆完了。公坟地先人的坟也要迁了。

一大早，儿女们都集中在了公坟地。

各家各自烧了香火纸钱，嘱咐了一番。

挖掘机就动了。

一座墓大概就二十分钟。

挖掘机先推掉覆土，找见棺木，好点的，棺木完好，但大多棺椁已腐，拾骨人顺着方向去找。

迁坟是公家找的人，已经有了许多经验，他们知道不同情况的处置办法。

拾骨时，孝子们扯开帆布，拽着四角，不能让骨殖（shi）暴露在阳光下。

等拾完，用红被面把骨殖包起来。

年代久的或者年龄很小的，包袱就小。年代近的或者棺材材质好的，骨殖多，包袱就大。

184

那些新坟是最棘手的，皮肉未完全脱干净，最难处理，所以也时间久些。

处理完了，撤掉帆布，给墓穴里放一根萝卜，一个萝卜一个坑，迁走的墓坑不能空着，放个萝卜在坑内防止，犯重丧。

周边撒上麸子，邪气不出，外气不入。

一过十二点，就停止了，不吉利。

包活的工头一辆车装满对着包袱的骨殖和骨灰盒，编好号，对着名字。

一般开往火葬场就过了十二点，可以不去，三点在指定墓园等候，也许到三点半，编好号的骨灰盒就送回来了。交到对应的儿孙手里，安放在福禄堂里。有的直接安放在对接好的墓园指定地点，一般不许放炮，在指定地点可以烧纸。

我和几乎所有人都怀疑，在骨殖送往火葬场短短的三个小时，能不能一个一个烧完，装完，有的包袱仅仅一点点骨殖，装不下骨灰盒，烧又不合算，是怎么弄的。

大家普遍怀疑，拿去火葬场一谷堆烧了，管谁家的，大人的小孩的，女人的男人的，烧成一堆，然后分给每家骨灰盒里。

这个怀疑不是没有道理，但是问包工头，他信誓旦旦，坚决说不会的，这个责任重大。越是这样令人怀疑逾甚，你就是跟着也进不了跟前，也无法清楚怎么装的，所以跟和不跟一个样。

怀疑归怀疑，没有证据，只好听之任之。

好在有个办法，可以稍微安慰。

就是再拣骨殖时留下一小块，包好，等骨灰盒回来和骨灰放一起，那样即使如上面情况，也可有所安慰。

现在迁坟大多儿女来，孙子孙女很多都不到跟前来了，仪式也简化很多了。

搁在骨灰堂，烧纸钱也是没了原先的心劲，都不知烧给谁了。

回想过去人迁坟，先要在敬了祖，事先准备好诸多物品：红纸四张，用于扎灵幡及纸钱。大萝卜一个，用于拣完尸骨后填坟坑。红布、白布各六尺六寸，用于拣尸骨时遮蔽阳光。筷子一双，用于给两个棺材搭桥。

小木板加上个，长八寸、宽一点二寸，事先分别写好"元、亨、利、贞"四个字，用于趋吉避凶。馒头或蛋糕四个。

破土：由长子在坟上挖第一掀土，放在一边，然后由帮工或者机械开始挖墓。

拣尸骨，一点一点，特别要拣干净。

拣完扔萝卜于坟坑中，以示一个萝卜顶一个坑之意，并放回第一掀土。

往棺材中或者墓周边撒上五谷或者麦麸。路途中还要撒阴阳钱。

而如今，拆了村子，没有了祠堂老庙，丢失了乡规民约，失去了乡愁。

架子车，风箱，锄头，铁耙没有了。

重要的是仪式感也没有了。渐渐的对自家先人都没有的敬畏，何谈对社会，对大自然的敬畏。

失去敬畏是可怕的。

唉，迁坟，迁走了什么……

白鹿原的凝望

王维在他的辋川别业呆得有些腻味了，忽一日产生了在终南山太乙游玩一番的想法。

那时候没有环山路，没有南横线，他顺着官道到了京城，又从京城通往南山的官道郁郁独行。

也许是他要到京城办事吧，才不走趣味无限的环山路一线，直达目的地。一座白鹿大塬将王维的思维隔得有些古板，不敢贸然翻塬而过。

这座因周平王东迁途中发现塬上有白鹿游弋而得名的大塬，因一部《白鹿原》而名闻全国。可就在近日，写这部小说的作者陈忠实先生走了，惹得满古城人恓惶，走的是他的躯壳，留下的是一座关中民俗的精神高地。

同是一座终南山，但王维还是耐不住塬那边美景的诱惑。人都说那边的终南山风景独好，外地的月亮比此地亮，在唐朝一样。

古时的长安城的大街是朱雀大街，端南直对着子午古道，一条官道连接着古道与古城，也许那时就叫作子午官道吧。如今的子午大道宽敞无比，每天车流穿梭，仍是去终南山最佳路线之一。

王维没有直接到他向往的山里，而是在距山还有十余里的一座寺庙停了下来，因为这座名刹和他在辋川别墅附近的一座寺庙同为一脉，他拜过那座寺，这座当然也要拜拜，两座寺庙都是净土宗祖庭。何况这座寺是净土宗最正宗之祖。这就是在神禾塬脑的香积寺和在辋川的悟真寺。

从周至竹峪起到蓝田安村止的这条南横线，在古城之南穿越了神禾、少陵、白鹿三座塬。神禾塬像一只大鲵游动着，而少陵塬像一只大龟趴在那里，白鹿原则像一只匍匐的大熊。位于神禾塬脑的香积寺和位于白鹿原首东侧的悟真寺被南横线手拉手牵引着。

悟真寺建于隋开皇年间，乃高僧净业奉诏兴建。然而让悟真寺真正大放异彩的是善导。善导师从道绰大师，深受净土玄旨。善导大约三十多岁来到悟真寺，在此生活了二十余年，他著书立说，开宗立教，弘扬净土宗义。因而虽然净土宗早有宏义，而把它形成体系的是善导，善导师父在此写《弥陀经》数万卷，分化给有缘。是他让悟真寺走入了全盛时期，拥有南北上下两院，佛寺群落六处，僧众千余人，殿宇四千余间，香火缭绕，堪称唐时最大寺院之一，所以悟真寺乃是净土宗根本道场。大师的魂、神、灵、命与悟真寺紧密相连，王维多有游历，并写下了《游悟真寺》的佳作。"闻道黄金地，仍开白玉田。挪山移巨石，咒岭出飞泉。猛虎同三径，愁猿学四禅。买香然绿桂，乞火踏红莲。草色摇霞上，松声泛月边。山河穷百二，世界接三千。梵宇聊凭视，王城遂渺然。灞陵才出树，渭水欲连天。远县分诸郭，孤村起白烟。望云思圣主，披雾隐群贤。薄宦惭尸素，终身拟尚玄。谁知草庵客，曾和柏梁篇。"可是现在的我读起来感觉这首诗前半截似乎还有一点上悟真寺的意蕴隐含，下半段就丝毫没有什么关系了，而白居易那篇《游悟真寺一百韵》就通篇写景抒情，要好很多。

善导大师在此时间最长，贯彻其生命信仰的最初到圆熟以及弘法的整个阶段。如今著名的水陆庵就是悟真寺下院的水陆道场，善导大师在悟真寺时主导绘就了地狱变相壁画和壁塑。而笃信佛教的王维就经常画变相画超度友人或亲人的亡灵。此后善导大师移住京城实际寺，遗址在今天西北大学老校区附近。大师在京城大弘净土法义，三年赢得满城信佛，屠夫改业，满城断肉。大师圆寂后，他的弟子怀浑为了纪念他，在神禾塬脑起崇灵塔，塔高十三层，滈潏二水交汇于寺西，幽而不僻静而不寂，后改为善导塔，依塔建寺，取《维摩诘经》中"天竺有众香之国，佛名香积"之句。香积寺由于善道大师有舍利塔在此，香火旺盛，寺院建制齐全规模宏大，被尊为净土祖庭。王维，字摩诘，号摩诘居士，他的字号也是由维摩诘经而来，他能不到此一拜吗？他没有白来，留下了《过香积寺》的名篇。"不知香积寺，数里入云峰。古木无人径，深山何处钟。泉声咽危石，日色冷青松。薄暮空潭曲，安禅制毒龙。"是他让后来的历朝历代因一首诗而来此拜谒的人们络绎不绝。在此半天的游历后才到了他向往的太乙仙境，临近傍晚，他欲住下来第二天继续赏景，也留下了千古名句："太乙近天都，连山接海隅。白云回望合，青霭入看无。分野中峰变，阴晴众壑殊。欲投人处宿，隔水问樵夫。"同是终南山，他的感受是不一样的，他在他住的终南山蓝田辋川别业悠闲自得，常常是"行到水穷处，坐看云起时。"

王维无疑是为蓝田和长安旅游事业做过巨大贡献的人。而可惜的是没有王维写白鹿原的诗歌，也许是他真没有在塬的上面好好看过，至少有两处应该看看。站在白鹿原西畔眺望，浐河悠悠，斜阳如血，山河壮美，对面的少陵幽幽，那些王侯将相将身后付与对面那座原地，真是选对了地方。站在东畔看灞水汤汤，朝霞璀璨，终南恬静，蓝田日暖玉生烟。

也难怪白居易没事《城东闲游》，宠辱忧欢不到情，任他朝市自营营。独寻秋景城东去，白鹿原头信马行。

相传白鹿原远古时期就是人类居住繁衍生息之地，依山傍水，水上之洲，因之也叫"华胥之渚"，古称"长寿山"或"首阳山"。这座美丽的的大原三分之二在今天的蓝田境内，另外三分之一在长安，构成了古城西安东南的天然屏障。因位居灞河之上，史称"霸上"，也做"灞上"。从清峪、流峪、同峪、倒沟峪发源的四水在玉山镇汇流后形成了灞河，古称滋水，《白鹿原》里的滋水县城即指此水，灞河一路蜿蜒北去汇入渭河。而在县城西南数公里的将帅圪垯人称荆山，有泉水汩汩不绝，形成荆水，加之多条支流聚合处削塬起沟形成鹿走沟，此沟以下称为荆峪沟，后来人改为鲸鱼沟，实无鲸鱼也。荆峪沟常年水流不断，天蓝水澈，成为旅游胜地。

一条荆峪沟将白鹿原切割为南北两部分，左侧南塬成为炮里原，在长安也叫魏寨原鸣犊原等，坡度相对平缓；右侧北原称狄寨原，起伏较大。

在鸣犊原上的将帅圪垯村曾经是汉代长水校尉屯兵之处，而在如今的将军庙村，据考证是苏建做长水校尉驻兵之地，也是出使西域被关一十九年的苏武的出生地。

在今天蓝田县城西面的白鹿原畔有一座民俗村，将关中的民俗美食聚集于此建立了民俗街美食街，五一期间游人如织。而站在高处向终南瞭望，玉山嵯峨，我们人类的祖先就诞生在这块圣地之上，距今一百万年的蓝田猿人遗址，让人遐思翩翩，似乎返祖归真茹毛饮血的遥远亘古年代就在眼前。

而塬下蔡文姬之墓，诉说着一段东汉末年的苍凉悲壮岁月，蔡文姬这位不幸的女子在自弹自唱《胡笳十八拍》，琴声正随着她的心意在流淌。

汉高祖刘邦是个聪明人，他自知实力不济，在咸阳灭了秦之后复还军霸上，静观岸火，以伺机会。霸上即指灞水之上白鹿原，现在还有刘家营之地名。而在毛西村，依崖起陵，襟山带水，山势形若凤凰展翅，人称凤凰嘴的地方，汉文帝及皇后等人即葬于此，成为白鹿原上唯一的皇帝之冢。文帝是节俭的皇帝，开辟了一个中兴时代，曾经劳军霸上刘礼驻军，长驱直入兵营，而到了细柳营，被周亚夫拒之门外，成为一段传奇故事。文帝本想百年之后依山为陵既可以防盗，最主要体恤老百姓不想劳师动众为自己修筑陵墓，身后也嘱托一切从简。可惜景帝不听劝告，私下还是厚葬了文帝，即使千年也依然逃不脱盗墓贼的肮脏之手。

而在灞陵附近的灞原下灞河之滨，唐时杨柳依依，离别京城的必经之地的灞陵桥已不复在，而李白的《忆秦娥》里的句子依然回荡在耳边。

箫声咽，秦娥梦断秦楼月。秦楼月，年年柳色，灞陵伤别。

而大诗人的另一首《灞陵行送别》似乎更加伤感。送君灞陵亭，灞水流浩浩。上有无花之古树，下有伤心之春草。

离别总是伤心的，也为白鹿原增添了悲壮之色。

白鹿原上有一座叫做狄寨镇的名镇，据说是北宋名将狄青征西初在此安营扎寨，周围村子的名字也多以狄青部将的姓氏为名。以画马著称的唐代大画家韩干就住在白鹿原上。而巧合的是画《五牛图》的韩滉家族墓就在白鹿原西岸的少陵塬上，他们是不是一脉呢，无从得知。北宋的政治家学者吕大忠四兄弟人称蓝田吕氏四贤，关学代表人物，老家就在白鹿塬上，这座原文化底蕴深厚，儒家理学人物层出不穷。一部《白鹿原》也让朱先生的原型牛才子名满天下，牛兆濂是近代程朱理学在白鹿原的代表，桃李满天下。

而在鲍旗寨，被称为白鹿原上最美的乡村，这里埋葬着刘邦的妃子汉文帝刘桓的生母薄姬，刘桓是个孝子，曾亲自为母亲品尝汤药留下了美名，是《二十四孝》中可嘉可敬的皇帝。

李自成的大将刘宗敏也是白鹿原人，可惜他晚节不保，让吴三桂冲冠一怒，为了陈圆圆，使得做了不足百天皇帝的李自成大顺政权功亏一篑。

历史总被雨打风吹去，白鹿原这座高地却愈来愈高耸，成为一座精神的丰碑。

白鹿原影视城还原了滋水县城以及白鹿镇的部分原貌，而它的真正意义在于演绎了关中本土文化的内涵，白鹿大原会继续演绎各式各样的故事，也将使这座原更加丰厚，也更加源远流长。

麦子黄了，樱桃红了

麦子黄了的时候，樱桃也红了。

席王西蒋村附近的白鹿原更像一座山，在雨里，原顶上雾霭缭绕，而且一重一重的，这是大山才有的气势。

原下陈忠实的故居在雨里显得有些清癯，和屋前的青翠的竹子一样。忠实先生在这间院子里写《白鹿原》的日子在风中摇曳，越来越遥远。尽管陈老的侄子陈逸说今天刚刚过了他的二七。可老人临去的前一天给他写下的话至今回旋在耳畔，做个实在人，做个好人。

小说《白鹿原》已经成为一道丰碑，让这座白鹿大原也成为精神高地，似乎也让像山一样的白鹿原多了一个成为山的理由。

对面的华胥陵是陈老夕阳下经常凝望的地方，这位中华民族的始祖母带着她的部族人辗转在黄河流域，创造了渔猎农耕文化，开创了中华文明史。雷神的巨大足迹已经无从寻觅，而华胥氏踩踏他的足印后生下来女娲和伏羲兄妹，她们结合才有了华夏子孙的繁衍，黄帝和炎帝就是子孙中杰出的代表。

192

据说华胥国升平气和是世人心中的理想国度，也是令人向往的伊甸园或者桃花源。

以致在后世人的传说中华胥国是天下为公无有尊卑等级的大同世界；在《无能子》里是"无夺害之心，无瘗藏之事"的太古之世。

据说后来的黄帝非常向往华胥的治国理念，他做了一个梦，在梦中他游历了华胥国，醒来大受裨益，从此将国家治理的和前世的华胥国一模一样，其实黄帝所谓的治国之道，就是后来道家老子之道——自然无为，无为而无不为的思想。因此，后世将黄老并称，看作是道家的创始人物。

华胥死后，就葬在孟岩村。我们冒着初夏少有的大雨来到华胥镇孟岩村，当燃起三根香的那个时候，我就想着那时的理想国度到底是个什么样子。华胥陵只剩下了一方厚厚的黄土层。有人说，中华的华字就出自华山之阳的华胥，这似乎还需要考证。然而她的子孙秉承了黄土般踏实的品性是毋庸置疑的，也就像她周边的大原一样默默地矗立着，任由风雨千年的剥蚀，兀自岿然不动。受大原熏染的子民也同样是那么的任劳任怨，默默耕耘。白鹿原的这种厚实从古代就已经积淀了。宋时的关学代表人物蓝田四贤吕氏四兄弟，近代的白鹿原大儒牛兆濂，还有那脸上就写满了大原沟壑纵横的陈忠实，不都是大原赋予他们的秉性而他们又反过来给了大原精神财富吗？

在原先和西蒋村同为一个陈姓祖先的陈家坡，我们看到了一户人家的四合院，虽说看到的是经过翻修后的样子，然而窗棂还是原来的样子，砖头还是那时候的砖头，椅子八仙桌都是原来的。后面的大房尚保留有阁楼，竟然宽敞的可以住人。主人说这种四合院在整个白鹿原也绝无仅有。问他是什么时候建的，他说他也不知道，有八辈子了。

陈家坡有两大姓，除过陈就是朱了。怪不得陈忠实让小说里的牛才子姓朱，成了朱先生。

也许书中白鹿两家的故事里就有朱陈两家的故事，不管怎样，这些故事都是白鹿原所有村庄的故事缩影。假如陈老就是循着发生在陈家坡的故事而追溯至整个白鹿原，乃至整个关中甚至整个中国的村庄里发生的故事，那么我们今天就是从四面八方而来寻找故事里的那个源头。

至此我才知道其实每个人的出发点或者说出生点都是源头，是各自故乡的源头，也是心里头最柔软的地方。

雨里的陈家坡被笼罩在青翠之中，核桃还只是青涩的绿蛋蛋，而挨家挨户屋前屋后都是红樱桃，和原下泛黄的麦子，构成了美丽的红黄绿三种颜色，使这个只有三百人的小村子丰满了许多，在各种各样的树木掩映下不说你绝对不知道这只是一个只有三百人的小村庄。

二十多年前的春天，当陈忠实把他刚刚完成的小说白鹿原交给编辑时，他放下了一颗心，长出了一口气，他甚至带着朋友也再次回到西蒋村和陈家坡，此后也多次回到过，他带着朋友们吃着红樱桃，看着一天天由绿泛黄的麦子，听着黄鹂叫着算黄算割，白鹿原收获的季节到了。这个时节是农民最欢喜的时候，拾掇着农具，准备好一切，只等待搭镰的那一刻。

那年的此时，樱桃红了的时候，《白鹿原》出版了，那张被岁月洗刷得满是褶皱的脸也松弛成平原，他也尝到了收获的滋味。

5年后的4月20日，还是樱桃红了的时候，陈忠实站在了人民大会堂领奖台上，他成为了茅盾文学奖的获得者。

这个季节，白鹿原是最美的时候。

18年后的4月，在他领奖的那个日子过后的第九天，他永远离开了爱他的人和他爱的人。

这个季节，麦子黄了，樱桃红了，他却再也不能品尝了。

车子渐行渐远，置身此处，你不觉得这座原的高大，只有距离了它，才发觉白鹿原在此处有大山的感觉，尤其雨里，云蒸雾绕，一重一重，只有大山才有的气势，竟然在这里就有。

白鹿原有山的高度，不仅仅是地理环境造成，而原上的大贤和原下的先生共同构建了它的高度。

自从周平王发现了有白鹿游弋在原上时，白鹿两家的动人故事就开始演绎，只是少人记录，吕氏四贤记录过，牛才子记录过，都只是星星点点，只有到了 20 世纪 90 年代才被一位原下的陈姓后人记录并撰写，他把关中地区的民俗风情爱恨情仇都溶进两户人的纠葛中，因了这部小说，因了这个人，使这座屏卫古城的大原有了更大的名气，也因而成为一座精神的高地。

麦子黄了，樱桃红了，白鹿原越来越迷人，陈忠实将和这座大原永远的被后来人记录演绎，白鹿两家的故事将一直继续。

为村子招魂

村子渐渐空了，空了，只剩下了老人和孩子。

年轻人都出去打工了。

城里人叫他们农民工。有许多甚至带去了孩子，村里的学校失去了过去的喧闹。有的村只剩下了十来名孩子上学，只好将几个村的学校合并成一所。

视土地为生命的老一辈农民已经渐渐逝去。年轻人总想着进城，而城里的一个又一个富人却租地当起了农民，玩起了"现代农业"，而那些不想出去却没有继承和掌握传统农业技术的农民，沦落为新农业指挥下的"产业工人"。

城里人成了农民，农民成了工人。

可笑吧。

故乡还在，村子的魂已渐渐死去。

许多人漂泊在异乡，或许成了白领，成了老板。有的甚至成了异乡人。一谈起故乡，就有无尽的想象，仿佛又都还是个文化人。谁也不愿说故乡落后、愚昧、贫穷，而愿意被乡愁美化着，借以表达自己对故乡的无限思念和眷恋以及不可磨灭的故乡情怀。

尽管在外面都是人精，回到老家，回到故乡，瞬间就被故乡的愚昧贫穷淹没，随波逐流，或者无能为力，或者视而不见。

每到春节，返乡潮在全国涌动，就是下刀子也要赶在年三十回到家，似乎童年的记忆在那时又回来了。家家蒸包子，户户包饺子，杀猪炖肉欢欢喜喜过大年。

然而一年一年，年味越来越淡。回来除了走亲戚，就是打麻将玩扑克。

一座小小村子，只要晚上灯火通明处，准是一家商店。商店不为卖东西，而是摆满了方桌、麻将桌之类，有的还有小二楼，桌子挤满了大半个店面，商品却不是十分齐全。

一座村子竟有十多家这样的店。早上九点左右，男男女女会不约而同来到习惯与经常聚集的场所，不分昼夜，天昏地暗，肚子饿了，泡包方便面或啃几块饼干吃两根劣质火腿肠喝一瓶啤酒就了事。

下雪下雨尤是佳时。斗牛、扎金花、挖坑、飘三叶一齐上阵了，伙伴们一年都没有见过面了，此时风云聚会一起，才个能一显身手，一决高下。

有时候一年的血汗钱一夜输个精光，还强作欢颜，谝着在外面的舞马长枪。回到家里后，夫妻吵闹甚至大打出手，父母唉声叹气，这种现象屡见不鲜。

春节过后，打工大军又满怀豪情的北上或南下了，辛苦努力流泪流汗地、甚至低三下四地去挣钱，等待来年回来，依然重复同样的故事。

现在的年轻人，给家里买个空调两千块心疼受不了，买个手机半年数月一换，都是几千块，却一点不心疼。吃的喝的穿的全在网上采购，手机成了全民的爱好，每人都是低头族，往往全家人捧着手机玩，电视开着却没有人看。连吃饭的时间都不放过，昼黑颠倒，玩累了睡，睡醒了又玩，放任让生活处于一种无聊的恶性循环。你看像不像清末的国民，人手一杆烟枪，像极了人家说东亚病夫的年代。

这些年，村上考上名牌大学的微乎其微，考上一般大学的也廖廖无几，未完成学业辍学的越来越多了。自嘲着说，人家有点能力的都进城里上好学校了，我们上的是没有了好老师的烂学校，考不好情有可原。于是乎，想尽千方百计，用尽关系，把平生不说的话都说了，不爱拉的关系都拉了，让孩子进城读书。城里的孩子拼命报各种培训班，农村的孩子拼命进城，都是为了不输在起跑线上，似乎对着，实际想想，这何尝不是一种悲哀。

空心校园、空心村越来越多。

故乡还在，希望却完了，可怜了，我们的下一代。

连熟人之间也成了点头之交，老乡都变得陌生起来。许多村子人心惶惶，等着拆迁，年轻人等着成为富翁。

老年人唉声叹气，哀的是故土难离，哀的是自己已经看不清未来，世界变化的如此快，年轻人今后咋办呀。老人最见不得拆，高楼再高，我不想上么，老家平天平地，再破再烂，也不嫌。

年轻人最爱拆，不劳而获就成了百万富翁千万富翁。中年人也比较爱，自己辛苦大半辈子在土地上刨刮，也没攒下几个钱，如今有了钱，娃们还没有到能做主的时候，自己也可以享享清福或者做别的打算，不想再和土地打交道了。

拆迁可以让人一夜暴富，让富人锦上添花，让穷人有了尊严感。

村子的那些懂钻营者，成了老人教育孩子的榜样。胆大心黑，不择手段，不计后果，敢于挑战道义和法律底线之人，许多村民把这些人做为自己孩子学习的榜样。

许多进过号子的人像在国外留学镀了金，俨然成了飞横跋扈的毕业证书。

有钱，就是成功。钱包鼓，就是人上人。

德高望重成了可耻，被利益蒙蔽的眼睛已经没有了是非观，钱就是权威。所以在农村，再也没有了评威望和德行成为村干部的。

故乡还在，但古老的乡规民约宗族家训的血脉早空了，家长制族长制被击溃得体无完肤。

拆迁就是一场折腾。

折腾好了，新农村新天地。折腾瞎了，老百姓受苦。

许多村搬完了，安置楼迟迟未动，人们在期望中等待；许多土地原先的项目落实不了，村民成了没有土地的农民。看着自己的土地闲置荒芜，却种不了。

上了楼算是城里人，却没有固定工作；自己是农民，却没有庄稼可种。

而没有拆的村子的许多土地也一直荒芜着，人们在荒芜土地的同时迷失了方向。种粮食费事不挣钱，种子化肥还有耕种收割，算下来，费心巴力挣不了几个钱，还不如不种，还能领村里的粮食直补，种那划不来的庄稼干什么。

有些人家里有年轻人打工挣钱，也不愁吃穿。

种庄稼的方式也全然不一样了，过去都是犁地、锄草，如今全靠除草剂和农药，多年以后，土地板结，甚至土壤中毒，庄稼减产甚至发生病害，也只能望土地而兴叹。

老人哀叹而力不从心，年轻人无心于此。村庄的衰落，在不知不觉中不可避免了。

那些懂乡礼，知农事的真正农民和乡绅逐渐消失殆尽。

村子里的老庙祠堂、老树老宅城门楼也消失了，那些能留下回忆的镰刀、斧头、架子车、风箱、辘轳、涝池也没了，伴之的乡规民约、传统文化的丢失，乡愁也渐渐淡化，根的意识逐渐薄弱。人逐渐失去敬畏，导致人心不古。敬畏感逐渐失去了，人不再敬畏天地、敬畏自然、敬畏先贤、敬畏传统，没有了敬畏，村没有了魂，人没有了魂。

失去了乡规民约、失去了赖以自豪的乡愁感仪式感。晚辈骂长辈，兄弟尔虞我诈，妯娌仿若路人，儿女打父母，不是人变了，是人失去了敬畏，啥事情都会干出来。

现代文明和财富极大丰富了，人情味却越来越淡化和缺失了。乡村城市化走的太快，文明被丢弃在后边，村子发展得太快，村子人的思维还僵化滞后，造成了根断裂。

谁破坏了农业自有的生态平衡，让农业陷入了急近功利的恶循环？谁导致了粮食和食品安全，人人自危？这个社会戾气越来越重，究竟是谁的过错？

失去了敬畏的民族，换来了大自然的报复。天作孽犹可恕，自作孽不可活，人自己自食恶果，怪不得别人。

农事到了岌岌可危的时候，"农"已经不被当作能登大雅之堂的文化，我们每天吃着粮食，却让农陷入不堪境地。

不知从什么时候开始，国人把"农"排斥在"国学"之外；也不知从什么时候开始，国学被剥离得只剩下汉服唐装和四书五经。

对有着创造了人类历史上最灿烂的农耕文明的中华民族来说，不得不说是一种悲哀。

初春的一天，天还不是很暖和。在邻村的安置楼下，一排足有十人的老妇，一个挨着一个蹲在墙根，像麻雀挤堆堆，目光呆滞，一言不发。门道进来一个人，特别是生人，才目光跟着转动一下。

我没有看到搬到新楼房的喜悦。

那一刻，让我无限感慨！那一刻，尤其让我怀念，怀念村子。

村子没了，村子里的人都成了游荡的孩子。

从没有的觉得故乡这么近，却那么远。只留下空落落的心。

故乡也成了断了线的风筝，老人看着村子的天空，谁能给我遥控回来？

别了，村子。故乡犹在，村魂已死，我愿意站在故乡的冢疙瘩上，为你招魂！